D0572391

Tout commence mal...

© Éditions Nathan/VUEF (Paris-France), 2002 pour la présente édition.
Conforme à la loi n° 49956 du 16 juillet 1949 sur les publications destinées à la jeunesse.
ISBN 209282353-1

❧ *Les désastreuses aventures des orphelins Baudelaire* ☙

Tout commence mal...

de **Lemony SNICKET**
Illustrations de **Brett HELQUIST**
Traduction de **Rose-Marie VASSALLO**

NATHAN

Pour Béatrice –

bien-aimée, mieux-aimée, perdue.

Chapitre I

S i vous aimez les histoires qui finissent
bien, vous feriez beaucoup mieux de
choisir un autre livre. Car non seulement celui-ci finit mal, mais encore il
commence mal, et tout y va mal d'un bout
à l'autre, ou peu s'en faut. C'est que, dans
la vie des enfants Baudelaire, les choses
avaient une nette tendance à aller toujours
de travers. Violette, Klaus et Prunille
Baudelaire étaient pourtant des enfants char-
mants, des enfants intelligents, pleins de
ressources et loin d'être laids. Mais le sort
les avait pourvus d'une malchance inimagi-
nable, et presque tout ce qui leur arrivait

était placé sous le signe de la guigne, de la déveine et de l'infortune. Je suis navré de devoir le dire, mais c'est la stricte vérité.

Leur interminable suite de malheurs débuta un vilain jour sur la longue plage de Malamer. Les trois enfants Baudelaire vivaient avec leurs parents dans une grande et belle maison au cœur d'une ville crasseuse, grouillante d'activité, mais de temps à autre leurs parents leur permettaient de prendre un tramway brinquebalant (ou « bringue-balant », au choix, autrement dit tout branlant) pour aller à la plage la plus proche. Là, ils passaient la journée à leur guise, à condition d'être rentrés pour dîner. Ce matin-là, les nuages volaient bas, mais les jeunes Baudelaire ne s'en souciaient guère. Par beau temps, la plage était si noire de monde qu'on avait peine à trouver une bonne place où étendre sa petite couverture. Par temps maussade, les enfants Baudelaire avaient la plage tout à eux pour s'amuser à leur idée.

Violette Baudelaire, l'aînée, adorait faire des ricochets. Comme la plupart des filles de quatorze ans, Violette était droitière, et les cailloux ricochaient nettement plus loin sur l'eau glauque lorsqu'elle tirait de la main droite. (La main gauche était parfaite pour stocker les munitions.) Tout en s'exerçant au tir, Violette scrutait l'horizon et mijotait une invention de son cru. Quiconque la connaissait aurait deviné qu'elle cogitait ferme, car elle avait noué ses longs cheveux d'un ruban afin de bien dégager ses yeux. Violette était très douée pour inventer les engins les plus farfelus ; son esprit fourmillait souvent de schémas compliqués avec force poulies, leviers ou engrenages, et elle refusait de se laisser distraire par quelque chose d'aussi trivial que des cheveux dans les yeux. Ce matin-là, elle réfléchissait à la mise au point d'un robot récupérateur de cailloux après ricochets sur la mer.

Klaus Baudelaire, son cadet – et l'unique garçon du trio –, adorait examiner les bestioles dans les flaques. Âgé de douze ans et des poussières, Klaus portait des lunettes rondes qui lui donnaient l'air intelligent. Et il ne se contentait pas d'en avoir l'air. Dans leur demeure, les parents Baudelaire possédaient une immense bibliothèque, emplie de milliers de livres sur tous les sujets ou presque. Il va sans dire qu'à douze ans Klaus n'avait pas encore lu *tous* les livres de la bibliothèque parentale ; mais il en avait déjà dévoré bon nombre et il avait, au fil de ses lectures, engrangé un savoir impressionnant. Il savait faire la différence entre un alligator et un crocodile. Il savait qui avait tué Jules César. Et il en savait long sur les menues créatures gluantes qui pullulaient dans l'eau de Malamer et qu'il inspectait présentement.

Prunille Baudelaire, la benjamine, adorait mordre – mordre dans tout ce qui se présentait. Ce n'était encore qu'une toute-petite, et toute petite elle était : haute comme une botte, pas davantage. Pour compenser ce format réduit, elle avait quatre belles dents, aussi tranchantes que celles d'un castor. Prunille était à l'âge où l'on s'exprime surtout par cris. Hormis lorsqu'elle usait des cinq ou six vrais mots de son vocabulaire, du genre « biberon », « maman » ou « mordre », le commun des mortels ne comprenait goutte à ce qu'elle disait. Par exemple, ce matin-là, elle répétait avec insistance : « Gaack ! Gaack ! Gaack ! », ce qui signifiait sans doute : « Vous avez vu la drôle de forme qui vient de sortir du brouillard ? »

Et en effet, là-bas, à l'autre bout de la plage noyée de brume, une grande silhouette avançait à longues enjambées en direction des enfants Baudelaire. Il y avait déjà deux bonnes minutes que Prunille, les yeux écarquillés, s'égosillait pour signaler l'apparition quand Klaus enfin leva le nez du crabe épineux qu'il examinait et aperçut la chose à son tour. Vite, il toucha le bras de Violette pour l'arracher à ses réflexions d'inventrice et murmura :

— Eh ! t'as vu ça ?

L'apparition grossissait à vue d'œil, et quelques détails déjà émergeaient de la brumaille. Au premier regard, la silhouette semblait de forme humaine, en version adulte, mais la tête était bizarre, tout en hauteur et plutôt carrée.

— À ton avis, c'est quoi ? souffla Violette.

Klaus cligna des yeux.

— Aucune idée. Mais on dirait bien que ça vient vers nous.

— Il n'y a que nous sur cette plage, fit observer Violette, vaguement inquiète. Vers qui voudrais-tu que ça vienne, à part nous ?

Elle resserra sa main gauche sur le petit galet lisse et plat qu'elle venait de sélectionner en vue d'un ricochet longue distance. Pour un peu, elle l'aurait bien lancé sur la forme en mouvement, tant celle-ci faisait froid dans le dos.

— Ce qui lui donne l'air effrayant, dit Klaus comme s'il lisait les pensées de son aînée, c'est ce brouillard, tout bêtement.

Et c'était vrai. Lorsque l'apparition fut proche, les enfants virent avec soulagement que, loin d'être un monstre abominable, c'était quelqu'un qu'ils connaissaient. Mr Poe était un ami de Mr et Mrs Baudelaire, et les enfants l'avaient vu maintes fois à la table du dîner. (En effet, chez les Baudelaire, on n'envoyait pas les enfants dans leur chambre lorsque venaient des invités – c'était même l'un des points que Violette, Klaus et Prunille appréciaient le plus chez leurs parents :

ils leur permettaient de se joindre aux adultes
et de participer à la conversation, à condition d'aider ensuite à desservir la table.) Par-
dessus le marché, Mr Poe était quelqu'un
de hautement mémorable ; affligé d'un
rhume perpétuel, il était toujours en train
de s'excuser pour aller dans la pièce voisine
étouffer une quinte de toux.

Mr Poe retira son haut-de-forme, ce
couvre-chef qui lui avait fait, dans le
brouillard, une grosse tête rectangulaire, et
il resta planté un moment, à tousser avec
application dans un grand mouchoir blanc.
Violette et Klaus s'avancèrent pour lui serrer
la main poliment.

— Comment allez-vous ? dit Violette.

— Comment allez-vous ? dit Klaus.

— Otta éhou ! cria Prunille.

— Très bien, merci, répondit Mr Poe,
mais il avait l'air fort triste.

Durant de longues secondes, plus
personne ne dit rien. Les enfants se demandaient ce que faisait Mr Poe sur la plage
de Malamer quand il aurait dû être en ville,
à la banque où il travaillait.

Il n'était pas en tenue de plage.

— Belle journée, n'est-ce pas ? finit par
hasarder Violette pour dire quelque chose.

Prunille émit un crachouillis d'oiseau
en colère et Klaus la prit dans ses bras.

— Oui, belle journée, répondit Mr Poe
d'un air absent, les yeux sur la grève déserte.
Hélas, j'ai de bien tristes nouvelles pour
vous autres enfants.

Les trois jeunes Baudelaire le regardaient
sans mot dire. Violette, un peu gênée, soupe-
sait le galet dans sa main gauche ; elle se
félicitait de ne pas l'avoir jeté sur Mr Poe.

— Vos parents, annonça Mr Poe, ont
péri dans un terrible incendie.

Les enfants ne soufflèrent mot.

— Péri, reprit Mr Poe, dans un incendie
qui a détruit votre maison de la cave au
grenier. Je suis vraiment très, très navré
de devoir vous l'annoncer, chers enfants.

Violette détacha les yeux de Mr Poe
pour se tourner vers l'océan. Jamais
encore Mr Poe ne les avait appelés
« chers enfants ». Elle saisissait le sens de
ses paroles mais pensait qu'il devait plai-

santer, leur raconter une sinistre blague.

— Péri, ajouta Mr Poe, signifie qu'ils n'ont pas survécu.

— Nous le savons, ce que « péri » veut dire, répliqua Klaus, vexé.

Ce que signifiait chacun des mots séparément, il le savait en effet. En revanche, mis bout à bout, ces mots lui semblaient vides de sens. Sûrement, Mr Poe faisait erreur quelque part.

— Les pompiers sont venus, bien sûr, reprit Mr Poe. Mais trop tard. Toute la bâtisse était déjà la proie des flammes. Elle a brûlé de la cave au grenier.

Klaus vit en pensée les livres de la bibliothèque s'envoler en fumée. À présent, jamais il ne pourrait les lire tous.

Mr Poe toussa deux ou trois fois dans son mouchoir avant de poursuivre :

— On m'a chargé de venir vous chercher et de vous recueillir chez moi, le temps d'imaginer une solution durable. Je suis l'exécuteur testamentaire de vos parents, donc l'administrateur légal de leurs biens. Autrement dit, c'est moi qui vais gérer leur immense fortune et trouver à qui vous confier. Naturellement, lorsque Violette atteindra sa majorité, la fortune de vos parents vous reviendra. Mais en attendant, c'est à la banque, et donc à moi-même, de la gérer.

Exécuteur ? songeait Violette. Bourreau, plutôt. Venu tout droit sur cette plage pour chambouler leurs vies à jamais.

— Suivez-moi, dit Mr Poe, et il tendit une main.

Pour prendre cette main, Violette dut lâcher son galet à ricochets. Klaus saisit la main libre de Violette, Prunille saisit la main libre de Klaus, et c'est ainsi que les enfants Baudelaire – les orphelins Baudelaire, désormais – furent emmenés loin de la plage, loin de tout ce qui avait fait leur vie.

Chapitre II

J e ne tenterai même pas de décrire l'immense détresse des enfants Baudelaire après ce terrible malheur. Si vous avez perdu quelqu'un à qui vous teniez beaucoup, vous savez ce qu'on éprouve alors. Et, si tel n'est pas le cas, il serait vain d'essayer de l'imaginer. Pour Violette, Klaus et Prunille, c'était encore plus dur, bien sûr : ils avaient perdu leurs deux parents d'un coup. Durant plusieurs jours, ils eurent le cœur si lourd que même sortir du lit leur pesait. Klaus n'éprouvait plus d'intérêt pour les livres. Dans le cerveau fertile de Violette, les rouages s'étaient arrêtés. Même Prunille, trop petite pour bien comprendre ce qui se passait, mordait avec moins d'enthousiasme.

Évidemment, le fait d'avoir perdu aussi leur maison et toutes leurs petites possessions n'arrangeait pas les choses. Comme vous l'avez sans doute observé, se retrouver chez soi, dans sa chambre à soi, dans son lit à soi peut procurer, quand tout va mal, un début de consolation. Or les lits des enfants Baudelaire avaient été réduits en cendres. Mr Poe les avait emmenés sur les décombres de la grande demeure, dans l'espoir d'y trouver quelque objet récupérable, mais le spectacle avait été un crève-cœur. Dans la fournaise, le microscope de Violette s'était mué en masse informe, le stylo de Klaus en serpent rôti, et tous les anneaux de dentition de Prunille avaient fondu. Ici et là, les enfants avaient repéré des vestiges de ce qu'ils avaient aimé : un bout de queue de leur piano à queue ; l'élégant flacon (un peu tordu) dans lequel leur père mettait son eau-de-vie ; le coussin (roussi) de la banquette où leur mère s'asseyait pour lire…

Privés de nid, les enfants Baudelaire n'avaient d'autre toit, pour se remettre du choc, que celui de la maison Poe, laquelle n'offrait pas grand réconfort. Mr Poe, très occupé – entre autres à régler les affaires Baudelaire –, n'était que rarement chez lui et, lorsqu'il rentrait, ses quintes de toux l'empêchaient pour ainsi dire d'avoir une conversation. Mrs Poe avait acheté pour les orphelins des vêtements de couleurs ridicules et qui grattaient horriblement. Quant aux enfants Poe – Edouard et Edgar –, c'étaient deux gaillards aussi tapageurs qu'odieux, avec qui les enfants Baudelaire partageaient une chambre étroite à l'odeur suspecte, un peu celle d'une fleur carnivore.

Malgré ces conditions désastreuses, les trois enfants eurent un frisson d'appréhension lorsqu'un soir, au dîner – triste dîner de poule bouillie avec des pommes de terre

bouillies et des haricots verts bouillis –,
Mr Poe annonça qu'ils quittaient la maison
le lendemain.

— Parfait ! déclara Edouard, un bout de
patate coincé entre ses dents de devant. On
va récupérer notre chambre. Pas trop tôt !
Violette et Klaus sont des bonnets de nuit.
Avec eux, on s'embête comme des rats morts.

— Et la petite rabougrie est tout le temps
en train de mordre, ajouta Edgar en jetant
par terre un os de poulet – comme un sauva-
geon de l'âge de pierre et non comme le
rejeton d'un honorable banquier.

— Mais pour aller où ? s'inquiéta Violette.

Mr Poe ouvrit la bouche, mais fut pris
d'une quinte de toux.

— Je me suis arrangé, dit-il enfin, pour
vous confier aux bons soins d'un parent à
vous, un parent éloigné qui habite à l'autre
bout de la ville. Le comte Olaf. C'est son nom.

Les enfants Baudelaire s'entre-regardèrent, incertains. D'un côté, ils n'avaient
aucune envie d'habiter plus longtemps
chez les Poe. D'un autre côté, ils n'a-
vaient jamais entendu parler de ce comte

Olaf et se demandaient à quoi s'attendre.

— Le testament rédigé par vos parents, reprit Mr Poe, précise que vous devez être élevés avec le moins de bouleversements possible. En restant dans notre bonne ville, vous serez dans un environnement familier. Et ce comte Olaf est le seul de votre famille à vivre dans les murs de notre belle cité.

Klaus médita là-dessus une minute, en mâchouillant un haricot vert hautement résistant.

— Mais jamais nos parents ne nous ont parlé de ce comte Olaf, dit-il. Quel est son lien de parenté avec nous, au juste ?

Mr Poe soupira et jeta un regard à Prunille qui écoutait intensément, les dents plantées dans sa fourchette.

— C'est un cousin éloigné à vous. Petit-neveu d'un arrière-grand-oncle de votre arrière-arrière-grand-mère, ou arrière-grand-oncle d'un petit-neveu de votre arrière-arrière-grand-père, peu importe. Ce n'est pas votre plus proche parent dans l'arbre généalogique, mais c'est le plus proche géographiquement. C'est pourquoi…

— Mais s'il habite en ville, coupa Violette, pourquoi nos parents ne l'ont-ils jamais invité ?

— Sans doute parce qu'il est très occupé. Il est acteur de théâtre et fait souvent de longues tournées à travers le monde.

— Je le croyais comte, objecta Klaus.

— Il est les deux, dit Mr Poe. Acteur *et* comte. Et maintenant, les enfants, je m'en voudrais de vous bousculer, mais il est grand temps pour vous de réunir vos affaires. Pour ma part je retourne à la banque, j'ai encore deux ou trois choses à régler. Tout comme votre nouveau tuteur, je suis quelqu'un de très occupé.

Les enfants Baudelaire auraient bien aimé poser d'autres questions, mais Mr Poe s'était levé de table. Il les salua d'un petit geste et quitta la pièce. Ils l'entendirent tousser dans son mouchoir, puis la porte d'entrée grinça. Il était parti.

— Bien, conclut Mrs Poe. Allez vite faire vos bagages, vous trois. Edgar, Edouard, aidez-moi à débarrasser la table, s'il vous plaît.

Les orphelins gagnèrent la chambre commune et rassemblèrent en silence leurs

maigres possessions. Klaus se mit en devoir
de plier les hideuses chemises que Mrs Poe
lui avait achetées, jetant à chacune un regard
de dégoût avant de la caser dans une petite
valise. Violette parcourait des yeux cette
pièce aux relents douteux dans laquelle ils
s'étaient entassés à cinq. Quant à Prunille,
à quatre pattes sur le plancher, elle empoi-
gnait une à une les chaussures d'Edgar et
d'Edouard et y plantait les dents gravement,
décidée à laisser sa marque pour n'être pas
oubliée. De temps à autre, ses aînés échangeaient un regard, mais l'avenir semblait si
opaque qu'ils ne trouvaient rien à dire. Toute
la nuit, ils se tournèrent et retournèrent sur
leur matelas, incapables de dormir entre les
pensées qui les turlupinaient et les ronfle-
ments des frères Poe. Pour finir, Mr Poe
frappa à la porte et passa la tête par l'en-
trebâillement.

— Debout, enfants Baudelaire ! Il est
l'heure d'aller chez le comte Olaf.

Violette embrassa du regard la chambre
pleine à craquer. Elle avait beau détester
cette pièce, la quitter ne lui disait rien de bon.

— Déjà ? murmura-t-elle. Là, maintenant, tout de suite ?

Mr Poe ouvrit la bouche, mais dut tousser à cinq ou six reprises avant de répondre.

— Oui, là maintenant tout de suite. Je vous dépose chez le comte en allant à la banque, il faut donc nous mettre en route au plus tôt. Levez-vous, je vous prie, et habillez-vous presto !

C'était dit rondement, comme pour accélérer le mouvement.

Et les enfants Baudelaire quittèrent la maison Poe. L'auto de Mr Poe partit en toussotant le long des rues pavées, en route pour le lointain quartier où vivait le comte Olaf. Ils doublèrent des voitures à chevaux et des motocyclettes pétaradantes le long de l'avenue Moch-Marasm. Ils passèrent devant la fontaine Aléa, énorme pièce montée aux sculptures tarabiscotées, qui crachait de l'eau quand l'envie lui en prenait. Ils passèrent devant le monticule de terre qui avait été jadis l'entrée des Jardins royaux. Puis l'automobile s'engagea dans une petite rue engoncée entre deux rangs de bâtisses en briques et se rangea peu après, à mi-chemin du carrefour suivant.

— Nous y voilà ! annonça Mr Poe d'un ton qui se voulait enjoué. Vous avez sous les yeux votre nouveau logis.

Les enfants Baudelaire regardèrent par la portière. Devant eux se dressait la plus jolie maison de la rue. La façade était pimpante et toutes sortes de plantes, éclatantes de santé, prenaient l'air devant les fenêtres grandes ouvertes. Debout à la porte, la main sur une poignée de cuivre bien briquée, une dame d'un certain âge, élégamment vêtue, souriait à la vue des enfants. De sa main libre elle tenait un pot de fleurs.

— Bonjour tout le monde ! lança-t-elle gaiement. Vous êtes les enfants que le comte Olaf adopte, je suppose ?

— Oui, c'est nous, répondit Violette en ouvrant la portière.

Et elle s'élança pour serrer la main de la dame. C'était une petite main chaude et ferme, et, pour la première fois depuis des jours, Violette eut l'impression que, peut-être, sa vie et celle de ses cadets prenaient un tournant heureux, après tout.

— Bonjour. Je suis Violette Baudelaire, et voici mon frère Klaus et ma petite sœur Prunille. Et Mr Poe, qui s'est chargé de nous depuis la mort de nos parents.

— Oui, j'ai entendu parler de ce terrible incendie, répondit la dame en serrant les mains tendues. Je suis la juge Abbott. Enchantée.

— Lajuje ? s'étonna Klaus. Pas très courant, comme prénom.

— Ce n'est pas mon prénom, dit la dame, c'est mon titre. Je suis juge à la Haute Cour.

— Oh ! ça doit être passionnant, dit Violette. Et... vous êtes mariée au comte Olaf ?

— Dieu du ciel, non ! s'écria la juge Abbott. Je le connais d'ailleurs assez peu. Nous sommes seulement voisins.

Les enfants détournèrent les yeux de la maison pimpante pour suivre le regard de la juge. La maison voisine était une bâtisse miteuse, aux briques noires de crasse et de suie. Ses deux malheureuses fenêtres, étroites et tous rideaux tirés, n'avaient pas jugé bon de s'ouvrir au soleil printanier.

Au-dessus d'elles s'élevait une tourelle un
peu de guingois, avec une lucarne haut
perchée. La porte d'entrée aurait eu bien
besoin d'un coup de pinceau. Dans son bois
pelé, au beau milieu, était gravé un œil sau-
grenu. Toute la bâtisse semblait de travers,
comme une vieille dent déchaussée.

— Bouh ! fit Prunille.

Et chacun comprit ce qu'elle entendait
par là. « Quelle abominable bicoque !
Aucune envie d'habiter là ! »

— En tout cas, enchantée d'avoir fait votre
connaissance, dit Violette à la juge Abbott.

— Tout le plaisir est pour moi, répondit la
juge. Peut-être, un jour, viendrez-vous m'aider
à jardiner un peu, tous trois ? ajouta-t-elle en
agitant son pot de fleurs.

— Avec joie, répondit Violette, le cœur gros.

Oui, aider la juge Abbott à jardiner était
un petit bonheur auquel rêver. Mais quel
plus grand bonheur eût été d'aller vivre dans
sa jolie maison, plutôt que sous le toit de
ce comte Olaf ! Qui donc était-il, se demandait Violette, pour avoir fait graver un œil
dans le bois de sa porte ?

Mr Poe effleura son chapeau pour prendre congé de la juge, qui sourit aux enfants et disparut chez elle. Klaus s'avança bravement et frappa à la porte voisine, droit dans la pupille de l'œil gravé. Il y eut un silence, puis le battant écaillé s'ouvrit en grinçant, et les enfants virent à quoi ressemblait ce fameux comte Olaf.

— Bonjour bonjour, chuinta le comte d'une voix d'asthmatique.

Il était très grand, très maigre, et son costume gris rat était tout maculé de taches sombres. Son menton n'était pas rasé et, au lieu de deux sourcils comme le commun des mortels, il n'en avait qu'un, très long, sur toute la largeur de son front. Ses yeux étonnamment luisants lui donnaient l'air à la fois furieux et affamé.

— Bonjour bonjour, les enfants. Entrez vite, mais attention, hein ! Essuyez bien vos pieds ! Pas de saletés dans ma maison !

Pas de saletés, il en avait de bonnes ! Sitôt entrés, les enfants eurent un choc : la pièce où il les introduisait était d'une saleté si repoussante qu'un peu de poussière du trot-

toir n'aurait fait aucune différence ! Même
à la lueur blafarde de l'unique ampoule au
plafond, il sautait aux yeux que, dans ce
salon, tout était poisseux de crasse, de la tête
de lion qui grimaçait au-dessus du buffet à
la coupelle emplie de trognons de pomme,
sur le petit guéridon encombré. Klaus jeta
un regard circulaire et s'interdit de pleurer.

— Un peu d'entretien ne serait pas du
luxe, par ici, commenta Mr Poe, scrutant le
clair-obscur.

— Oh ! je suis bien conscient que mon
humble demeure est loin d'égaler le chic de
la maison Baudelaire, susurra le comte. Mais
avec quelques-uns de vos sous, je pense qu'on
devrait pouvoir la rendre plus coquette.

Les yeux de Mr Poe s'arrondirent de
stupeur. Il toussota dans la pénombre, puis
sa réponse tomba, très sèche :

— Il n'est pas question de dépenser un
sou de la fortune Baudelaire à de telles fins.
Mieux : il n'est pas question d'en dépenser
un sou, point final. Cette fortune, nul n'y
touchera avant la majorité de Violette.

Le comte Olaf se tourna vers lui avec un

éclair dans les yeux, on aurait dit un chien furieux. Un instant, Violette le crut prêt à lever la main sur Mr Poe. Mais il avala sa salive (les enfants virent sa pomme d'Adam monter et redescendre dans son cou décharné), puis il haussa les épaules sous sa veste fripée.

— Fort bien. Peu m'importe. Merci infiniment, Mr Poe, de me les avoir amenés. Venez, les enfants, que je vous montre votre chambre.

Mr Poe regagna l'entrée.

— Au revoir, Violette ; au revoir, Klaus et Prunille. J'espère que vous vous plairez ici. Je reviendrai vous voir de temps à autre, et vous pourrez toujours me joindre à la banque, si vous avez des questions à me poser.

— Mais nous ne savons même pas où est la banque, objecta Klaus.

— J'ai un plan de la ville, coupa le comte Olaf. Au revoir, Mr Poe.

Il s'avança pour refermer la porte sur son visiteur, et une vague de désespoir submergea les enfants. À cet instant, ils auraient donné cher pour retourner chez Mr Poe, malgré Edgar et malgré Edouard et malgré les odeurs bizarres. Dans leur désarroi, ils baissèrent le nez. Et c'est ainsi qu'ils virent tous trois la même chose en même temps : dans ses souliers éculés, le comte ne portait pas de chaussettes ; et, sur le pan de cheville blanchâtre qu'on entrevoyait au bas du pantalon élimé, un œil féroce était tatoué, pareil à celui qui ornait la porte.

Alors Violette et Klaus, en silence, se posèrent les mêmes questions. Combien de ces yeux les épiaient, en tout, dans cette sinistre maison ? Et auraient-ils à tout jamais, jusqu'au dernier de leurs jours, l'impression d'être surveillés, même lorsque le comte Olaf ne serait nulle part alentour ?

Chapitre III

Peut-être l'avez-vous remarqué, les premières impressions sont souvent trompeuses. Par exemple, à la vue d'un tableau, on se dit qu'on ne l'aime pas du tout ; et puis, à mieux le regarder, on lui découvre bien des charmes. Ou encore, la première fois qu'on goûte à du gorgonzola, on trouve ce fromage beaucoup trop fort ; après quoi, des mois plus tard, on ne jure plus que par le gorgonzola. Klaus Baudelaire, à la naissance de Prunille, avait détesté cette petite sœur ; pourtant, elle n'avait pas six semaines qu'ils s'entendaient comme larrons en foire. Bonne ou mauvaise, notre première opinion a de fortes chances d'être révisée avec le temps.

J'aimerais pouvoir affirmer ici que les premières impressions des enfants Baudelaire sur le comte Olaf et sa maison se révélèrent archi-fausses, comme tant de premières impressions. Hélas, ces impressions-là – que le comte était un odieux personnage et sa maison, une vraie porcherie – se révélèrent justes en tout point.

Pourtant, dans les jours qui suivirent, Violette, Klaus et Prunille firent de leur mieux pour se sentir chez eux. En vain. La demeure du comte avait beau être vaste, les enfants durent se caser dans la même chambre crasseuse, meublée d'un unique lit étroit. Violette et Klaus choisirent de dormir dans ce lit à tour de rôle, l'autre passant la nuit par terre sur le plancher. En fait, le matelas était si bosselé qu'il eût été difficile de dire lequel des deux, du lit ou du plancher, était le plus inconfortable. Pour coucher Prunille, Violette décrocha les rideaux poussiéreux qui obturaient la fenêtre et les roula de manière à former un nid, juste à la taille de la petite. L'ennui était que, sans rideaux, les vitres fêlées laissaient entrer à flot le soleil du petit matin, si bien que les enfants s'éveillaient aux aurores, fourbus et moulus de courbatures.

En guise d'armoire, ils disposaient d'un grand carton qui avait naguère contenu un réfrigérateur et qui accueillait à présent leurs vêtements empilés en tas, faute d'étagères. En guise d'amusement, au lieu de jouets ou de livres, le comte leur avait royalement offert un petit assortiment de cailloux. Pour toute décoration, l'un des murs moisis se parait d'un grand tableau représentant un œil hideux, parfaite réplique de celui qui ornait la cheville du comte et divers recoins de la maison.

Cela dit, les enfants le savaient, le pire endroit devient acceptable si les gens qu'on y côtoie sont gentils et intéressants. Hélas, le comte Olaf n'était ni intéressant ni gentil. Il était exigeant, colérique et il sentait mauvais. Son unique qualité, c'était d'être rarement présent. Le matin, à la cuisine, les enfants trouvaient la liste des instructions du jour rédigée de sa main, et il ne réapparaissait d'ordinaire qu'à la nuit tombée, au plus tôt. Et même lorsqu'il était chez lui, il passait le plus clair de ses journées en haut de sa tourelle, strictement interdite aux enfants.

Les tâches qu'il leur attribuait consistaient en corvées souvent rudes, comme de repeindre la galerie de bois à l'arrière de la maison, ou comme de réparer les boiseries des fenêtres. En guise de signature, au bas de son petit mot, il dessinait un œil.

Un matin, le billet était ainsi rédigé : « Ce soir, toute ma troupe vient dîner ici avant la représentation. Prévoyez un repas chaud pour dix personnes, à servir à sept heures précises. Vos instructions pour la journée : aller au marché, préparer le repas, mettre la table, faire le service, laver la vaisselle et ne pas traîner dans nos jambes. » C'était signé de l'œil habituel, et sous le feuillet étaient glissées quatre ou cinq piécettes pour les achats.

Violette et Klaus lurent le message tout en avalant leur pitance matinale, une bouillie d'avoine grisâtre et grumeleuse que le comte laissait pour eux sur un coin du réchaud. Ils échangèrent un regard consterné.

— Aucun de nous ne sait cuisiner, dit Klaus.

— Non, soupira Violette. Réparer les fenêtres, passe encore : j'ai trouvé comment m'y prendre. Ramoner la cheminée, c'est pareil. Tous ces trucs-là m'intéressent. Mais cuisiner ? Je suis nulle. À part le pain grillé...

— Et encore, le pain grillé, quelquefois tu le fais brûler.

Tous deux sourirent en songeant à certain jour des temps heureux. Ils s'étaient levés très tôt pour offrir à leurs parents un petit déjeuner surprise, mais Violette avait laissé brûler le pain et leurs parents, sentant la fumée, étaient descendus quatre à quatre, prêts à appeler les pompiers. À la vue de Violette et Klaus penauds devant leur pain charbonneux, ils avaient éclaté de rire. L'épisode s'était achevé autour d'une grande platée de crêpes.

— Si seulement ils étaient ici, murmura Violette. (Elle n'avait pas besoin de préciser qui.) Ils auraient vite fait de nous emmener loin de cette horrible baraque.

— S'ils étaient ici, dit Klaus (et la colère montait dans sa voix), nous ne serions pas chez cette espèce de comte, pour commencer. Oh ! je *déteste* cet endroit, Violette ! Je *déteste* cette maison ! Je *déteste* notre chambre ! Je *déteste* ces corvées qu'on nous fait faire, et je *déteste* le comte Olaf !

— Moi aussi, je déteste tout ça, avoua Violette.

Son frère la regarda, soulagé. Parfois, le simple fait de clamer haut et fort qu'on déteste quelque chose – et surtout d'entendre quelqu'un approuver – suffit pour se sentir un peu mieux.

— Je déteste tout ce qui nous arrive en ce moment, reprit Violette. Mais il faut garder le menton haut.

Garder le menton haut, dans le vocabulaire de leur père, c'était rester optimiste. Vaille que vaille.

— Je sais, dit Klaus, mais c'est dur de garder le menton haut quand un comte Olaf-face-de-rat n'arrête pas de vous faire courber la tête.

— Djiouk ! lança Prunille de sa voix perçante, en tapant sur la table avec sa cuillère à bouillie.

Arrachés à leur petite parenthèse, Violette et Klaus se replongèrent dans la lecture des instructions du jour.

— On pourrait peut-être trouver un livre de cuisine, suggéra Klaus, et lire dedans comment s'y prendre ? Préparer un repas simple, ça n'a sûrement rien de sorcier.

Ils passèrent cinq bonnes minutes à ouvrir et refermer les placards du comte. En vain. Pas trace de livre de cuisine.

— Je l'aurais parié, commenta Violette. Tu en as vu, toi, des livres, dans cette maison ?

La mine de Klaus s'allongea.

— Pas l'ombre d'un. Et si tu savais comme ça me manque ! J'ai une idée : si on essayait d'aller dans une bibliothèque ?

— D'accord, mais pas aujourd'hui. Aujourd'hui, je te rappelle, nous préparons à dîner pour dix personnes.

À cet instant, on frappa à la porte d'entrée. Les trois enfants échangèrent un regard anxieux.

— De la visite ? s'étonna Violette.
Qui pourrait avoir envie de voir le comte Olaf ?

— C'est peut-être quelqu'un qui veut nous
voir, nous ? suggéra Klaus sans grand espoir.

Depuis la tragédie qui les avait frappés,
les enfants Baudelaire avaient vu leurs
amis se faire rares – autrement dit, cesser
d'écrire ou de donner signe de vie, ce qui
n'avait qu'alourdi encore leur chagrin.
Naturellement, ni vous ni moi n'abandon-
nerons jamais un ami dans la peine, mais
c'est une triste réalité que, lorsqu'on est en
deuil, on perd autant d'amis que si l'on
avait la peste, au moment justement où on
aurait tant besoin de soutien.

Les trois enfants gagnèrent sans bruit la
porte d'entrée et Violette regarda par le judas
en forme d'œil. Elle eut la joie de découvrir la juge Abbott derrière le battant et s'empressa d'ouvrir tout grand.

— Madame la juge ! s'écria-t-elle. Quelle
bonne surprise !

Elle faillit ajouter : « Entrez ! » mais se
ravisa. La juge risquait de désapprouver
cet intérieur sombre et répugnant.

— Pardonnez-moi de n'être pas passée
plus tôt vous dire un petit bonjour ! dit la
juge Abbott aux trois enfants alignés sur le
seuil. Tous les jours je me disais, j'irai ce soir.
Je voulais voir si vous commenciez à vous
sentir un peu chez vous, mais j'étais sur une
affaire très délicate, à la Haute Cour, si bien
que j'ai été débordée.

— Quel genre d'affaire ? demanda Klaus.
Privé de lectures depuis si longtemps, il
avait soif d'informations.

— Je ne suis pas vraiment autorisée à en
parler, répondit la juge. Secret professionnel,
vous comprenez. Mais je peux cependant
vous dire qu'il était question d'une plante
toxique et d'usage illégal de lettres de crédit.

— Youka ! s'écria Prunille, ce qui semblait
signifier : « Très intéressant ! » même si, vrai-
semblablement, Prunille ne saisissait pas un
mot de la conversation.

La juge regarda Prunille.

— Youka, comme tu dis, bout de chou !

Et elle avança la main pour caresser les
cheveux de la petite. Prunille saisit cette
main au vol et la mordit, mais gentiment.

43

— Ça, c'est pour dire qu'elle vous aime bien, expliqua Violette. Quand quelqu'un lui déplaît, elle mord affreusement fort. Et aussi quand on veut lui faire prendre un bain.

— Je vois, dit la juge Abbott. Bien. Dites-moi, les enfants, tout va comme vous voulez ? Vous n'avez besoin de rien ?

Les enfants s'entre-regardèrent, songeant à tout ce dont ils rêvaient. Un deuxième lit, pour commencer. Un vrai berceau pour Prunille. Des rideaux pour la fenêtre de leur chambre. Une armoire-penderie pour remplacer le carton défoncé. Mais leur rêve le plus fort, le plus fou, aurait été de ne plus jamais revoir le comte Olaf ; de n'avoir plus rien à faire avec lui ; de retrouver leurs parents, leur maison, leur vie d'avant. Et cela, bien sûr, n'était pas possible. Violette, Klaus et Prunille contemplaient le sol à leurs pieds, réfléchissant à la question. Pour finir, Klaus rompit le silence :

— Pourrions-nous, euh... s'il vous plaît, vous emprunter un livre de cuisine ? Le comte Olaf nous a chargés de préparer à dîner pour sa troupe, ce soir, et nous n'avons pas trouvé de livre de cuisine chez lui.

— Bonté divine ! dit la juge Abbott. Préparer à dîner pour une troupe de théâtre ! Voilà qui paraît beaucoup demander, pour des enfants.

— Le comte Olaf nous confie énormément de responsabilités, dit Violette.

En réalité, elle brûlait de lâcher : « Le comte Olaf est un sale bonhomme. » Mais Violette était trop bien élevée.

— Que diriez-vous de venir chez moi, proposa la juge, pour y choisir un livre de cuisine à votre goût ?

Les enfants ne se firent pas prier. Muets de bonheur, ils suivirent la juge dans sa jolie maison. Elle les introduisit dans une entrée pimpante qui sentait bon les fleurs, puis elle ouvrit une porte et ce qu'ils découvrirent là manqua les faire défaillir de plaisir, Klaus tout particulièrement.

C'était une bibliothèque, vaste et claire, aux murs tapissés de livres du plancher au plafond. D'autres rayonnages occupaient le centre de la pièce, alignés en rangs parallèles. Le seul espace un peu dégagé était un angle tout au fond, meublé de fauteuils rembourrés autour d'une table de bois ciré – un merveilleux coin lecture, éclairé de lampes tulipes. Bien que nettement plus modeste que la regrettée bibliothèque Baudelaire, l'endroit respirait le confort et les enfants furent transportés de joie.

— Mazette ! souffla Violette. Quelle bibliothèque géniale !

— Merci beaucoup, dit la juge. Voilà des années que j'amasse les livres, et je suis très fière de ma petite collection. À la condition, il va de soi, que vous en preniez bien soin, c'est avec joie que je vous prêterai tous ceux que vous voudrez. Bon... Les livres de cuisine sont par là, si nous y jetions un coup d'œil ?

— D'accord, dit Violette. Et ensuite, si vous le voulez bien, j'aimerais voir ce que vous avez au rayon génie mécanique. J'adore inventer des machines.

— Et moi, dit Klaus, j'aimerais regarder vos livres sur les loups. Depuis quelque temps, je m'intéresse à la faune sauvage d'Amérique du Nord.

— Liiv ! Liiv ! cria Prunille, ce qui signifiait assurément : « Et moi, je voudrais un gros livre d'images ! »

La juge Abbott sourit.

— Quel plaisir de rencontrer des jeunes de votre âge aimant les livres ! Mais commençons par vous trouver une bonne recette, qu'en pensez-vous ?

Les enfants consentirent et, pendant une demi-heure, ils compulsèrent sagement les manuels de cuisine recommandés par la juge. À vrai dire, ils étaient si émoustillés de se retrouver hors de leur cage – et dans une bibliothèque, qui plus est – qu'ils avaient un peu de mal à se concentrer sur l'art culinaire. Pour finir, ce fut Klaus qui dénicha la recette idéale, aussi simple qu'alléchante.

— Écoutez ça, dit-il. « *Puttanesca* ». C'est une sauce italienne pour assaisonner un plat de pâtes. Pas compliqué : on prend un poêlon, on y fait sauter des tomates, des olives, des câpres, des anchois, de l'ail, du persil haché, et hop ! on verse le tout sur des nouilles et le tour est joué.

— Pas l'air compliqué, en effet, approuva Violette.

Son regard croisa celui de Klaus. Tous

deux pensaient à la même chose. Peut-être qu'avec la gentille juge Abbott pour voisine (et avec sa précieuse bibliothèque) s'aménager une petite vie heureuse allait être facile après tout – aussi facile que de préparer une *puttanesca* pour le comte Olaf ?

Chapitre IV

Les enfants recopièrent sur une feuille de papier la recette de la *puttanesca*, et la juge les accompagna au marché pour acheter les ingrédients nécessaires.

Un marchand ambulant leur fit déguster toutes sortes d'olives et ils choisirent leurs préférées. Une vendeuse de pâtes fraîches leur montra des nouilles d'au moins cent variétés différentes. Ils choisirent le modèle de la forme la plus intéressante et demandèrent la quantité voulue pour treize personnes – les dix convives annoncés, plus eux trois. Enfin, dans une grande épicerie, ils achetèrent le reste des produits : de l'ail frais, petit bulbe blanc à saveur piquante ; des anchois, sorte de poissons rubans très salés ; des câpres, qui sont des fleurs en bouton, exquises après un petit séjour dans le vinaigre ; du persil pas frisé, le meilleur ; et enfin des tomates, qui sont en fait des fruits, tout comme les cerises et les fraises. Puis ils se dirent qu'un dessert était sans doute conseillé, et ils achetèrent quatre sachets d'un entremets en poudre facile à préparer. Savait-on jamais ? S'ils servaient un repas divin, peut-être le comte Olaf en deviendrait-il plus tendre ?

— Merci infiniment pour votre aide, dit Violette à la juge au moment de la quitter. Sans vous, je me demande ce que nous aurions fait.

— Oh ! vous me semblez pleins d'imagination, répondit la juge. Vous auriez déniché une solution, j'en suis sûre. Malgré tout, je persiste à trouver bizarre que le comte vous ait demandé de préparer pareil repas. Bien. Nous y voilà. Je cours rentrer mes provisions, il est temps que je file à la Haute Cour. Bon courage à tous trois ! Et revenez bien vite emprunter de mes livres !

— Demain ? hasarda Klaus très vite. On pourrait revenir demain ?

— Et pourquoi pas ? dit la juge avec un sourire.

— Je ne sais comment vous remercier, hésita Violette.

Depuis la mort de leurs parents, et plus encore depuis que le comte les traitait si durement, les trois enfants ne savaient plus ce qu'était la générosité. Qui pouvait dire si l'on n'attendait rien d'eux en retour ?

— Demain, promit Violette, si vous le voulez bien, nous ferons quelques petits travaux pour vous, Klaus et moi, avant de regarder vos livres. Ce sera avec plaisir. Prunille est trop jeune encore, bien sûr. Mais nous lui trouverons bien un petit quelque chose à faire pour se rendre utile.

La juge Abbott sourit aux trois enfants, d'un sourire infiniment triste. Elle effleura d'une main les cheveux de Violette, et

Violette en eut chaud au cœur pour la première fois depuis des semaines.

— Des petits travaux ? dit la juge. Oh ! ce n'est pas la peine. Vous serez toujours les bienvenus chez moi.

Et elle se détourna pour rentrer chez elle. Les enfants la suivirent des yeux, puis ils rentrèrent à leur tour.

Tout l'après-midi, Violette, Klaus et Prunille s'employèrent à préparer la fameuse *puttanesca*. Violette fit sauter l'ail dans l'huile, elle dessala les anchois, les débarrassa de leurs arêtes, les coupa en petits morceaux. Klaus pela les tomates et dénoyauta les olives. Pendant ce temps, munie d'une cuillère de bois, Prunille tapait sur une casserole en chantant un air de son invention, quelque peu répétitif. Pour la première fois depuis des jours, les trois enfants oubliaient presque leurs malheurs. Les odeurs de cuisine qui mijote ont des vertus réconfortantes, et la sauce qui frémissait (terme culinaire signifiant qu'elle bouillait à peine) rendait presque chaleureuse la lugubre maison du comte. Les orphelins se mirent à évoquer d'heureux souvenirs du temps passé, puis à parler de la juge Abbott, cette voisine fée chez laquelle ils comptaient bien passer de longues heures – dans la bibliothèque surtout. Toujours devisant, ils passèrent à la préparation de l'entremets, sans oublier de le goûter ; il était au chocolat, et pas mauvais du tout, ma foi.

À peine avaient-ils mis l'entremets au frigo qu'ils entendirent la porte d'entrée s'ouvrir à grand bruit. Inutile de préciser qui venait d'arriver.

– Les orphelins ! appela le comte de sa voix enrouée. Où êtes-vous, les orphelins ?

— À la cuisine, comte Olaf, répondit Klaus. On a juste fini de préparer le dîner.

— Fini ? Je l'espère bien ! dit le comte et il surgit en trombe, ses petits yeux jetant des étincelles. Ma troupe arrive dans moins d'une minute, et tout le monde meurt de faim. Où est le rôti de bœuf ?

— Ce n'est pas du rôti de bœuf, dit Violette. C'est de la *puttanesca*. Des pâtes à la *puttanesca*.

— Quoi ? mugit le comte Olaf. Pas de rôti de bœuf ?

— Vous n'avez jamais dit que vous vouliez du rôti, dit Klaus.

Le comte s'approcha des enfants avec une sorte de pas chassé. Il semblait encore plus grand que d'ordinaire. Ses yeux se firent luisants comme des braises et ses sourcils soudés s'envolèrent, furibonds.

— Enfants Baudelaire ! En acceptant de vous adopter, je suis devenu votre père. Comme tel, j'ai droit au respect. Je vous ordonne de nous servir du rôti de bœuf, un point, c'est tout.

— Mais nous n'en avons pas ! s'affola Violette. Nous avons fait de la *puttanesca* !

— *Non et non et non !* cria soudain Prunille sans prévenir, de sa petite voix flûtée.

Le comte Olaf baissa les yeux vers ce fétu de fille qui venait de donner de la voix si brusquement. Avec un rugissement de fauve, il l'empoigna d'une main osseuse et la souleva à hauteur de ses yeux. Comme de juste, Prunille épouvantée se mit à hurler à pleins poumons, sans même essayer de mordre cette grande main.

— Espèce de brute ! s'écria Klaus, bondis-

sant en avant. Remettez-la par terre.
Tout de suite !

Et il tenta d'arracher sa sœur aux griffes
de son ravisseur, mais elle était hors de sa
portée. Le comte Olaf toisa le garçon avec
un sourire de crocodile, soulevant plus haut
encore la petite qui vagissait à tue-tête.
Il semblait prêt à la laisser choir de toute
sa hauteur lorsque des rires éclatèrent dans
l'entrée.

— Olaf ! Hou hou !

— Où es-tu, Olaf ?

Le comte s'immobilisa, tenant toujours
Prunille dans les airs, et une partie de sa
troupe envahit la cuisine, petit assortiment
de personnages insolites, de toutes les formes
et de toutes les dimensions.

Il y avait là un chauve au nez interminable, drapé dans une longue tunique noire.
Il y avait deux femmes au visage si poudré
de blanc qu'on les aurait prises pour des
fantômes. Derrière elles avançait un grand
diable aux bras très longs, très maigres, avec
des crochets à la place des mains, suivi d'une
créature si obèse qu'elle ne semblait ni

homme ni femme. Et derrière encore, dans l'embrasure de la porte, se bousculait une petite cohorte disparate, que les enfants distinguaient mal mais qui n'avait rien de plus rassurant.

— Ah ! te voilà, Olaf ! s'écria l'une des dames enfarinées. Mais que diantre fais-tu ?

— J'essaie d'éduquer un peu ces drôles ! Je leur ai demandé de nous préparer à dîner et vous savez ce qu'ils ont fait ? Rien ! Rien qu'une platée de nouilles et une sauce innommable !

— Les gosses, faut leur serrer la vis, approuva le diable aux crochets. Qu'ils sachent qui est le maître, un peu !

Le chauve cligna des yeux vers le trio Baudelaire.

— C'est-y ces gosses cousus d'or que tu me disais, Olaf ?

— Oui, grommela le comte. Des petits morveux. Si exécrables que j'ose à peine les toucher.

Et il redéposa par terre, comme un paquet de linge sale, Prunille qui s'égosillait toujours. Violette et Klaus respirèrent ; au moins, il ne l'avait pas laissée choir sur le carrelage.

— À ta place, je mettrais des gants, commenta quelqu'un à la porte.

Le comte Olaf s'épousseta les mains comme s'il venait de toucher quelque odieuse vermine au lieu d'un bébé frais et rose.

— Assez parlé ! dit-il. Passons à table. Pas grand-chose d'autre à faire, je pense, même s'ils n'ont rien cuisiné de bon. Venez, que je nous verse à boire ! D'ici à ce que ces braillards nous servent, on devrait tous être assez pompettes pour oublier qu'il n'y a pas de rôti.

— Hourra ! approuvèrent ses comparses.

Et toute la troupe, sur ses talons, déserta la cuisine sans un regard pour les enfants – à l'exception du chauve qui se planta devant Violette et la regarda dans les yeux.

— Tu es bien mignonne, toi, petite, dit-il en lui prenant le visage entre ses mains calleuses. À ta place, je ferais attention à ne pas déplaire au comte Olaf. Ce serait trop dommage de le voir démolir un si joli minois.

Violette réprima un frisson. Le chauve gloussa tout bas et la lâcha pour suivre le mouvement.

À nouveau seuls, les enfants restèrent figés un instant, le cœur tambourinant comme après un cent mètres. Prunille continuait de hurler à tue-tête et Klaus s'avisa soudain qu'il avait les yeux embués. Seule Violette ne pleurait pas, mais elle tremblait de tous ses membres, tant de dégoût que d'effroi. Durant de longues minutes, aucun d'eux ne souffla mot.

— C'est horrible. Trop trop horrible, finit par articuler Klaus. Violette, oh ! Violette, que faire ?

— Aucune idée, souffla Violette. J'ai peur.

— Moi aussi, dit Klaus.

— Houks ! fit Prunille, et elle cessa de pleurer.

Alors un cri monta dans la pièce voisine : *À manger ! À manger !* Et toute la troupe se mit à frapper sur la table en cadence, ce qui est de la dernière impolitesse.

— On ferait mieux de servir cette *puttanesca*, dit Klaus. Sinon, va savoir de quoi le comte est capable !

Violette se souvint des mots du chauve, « démolir un si joli minois », et elle acquiesça en silence. Tous deux se tournèrent vers le grand faitout frémissant de sauce, si amical, si réjouissant tout au long de l'après-midi ; à présent, on aurait dit un horrible chaudron de sang. Alors, stoïquement, laissant Prunille à la cuisine, ils firent leur entrée dans la salle à manger, Klaus portant un grand plat empli des pâtes aux formes intéressantes et Violette le faitout de sauce *puttanesca*, avec une énorme louche pour le service.

Les acteurs jasaient à qui mieux mieux, levaient le coude, vidaient leurs verres, indifférents aux orphelins qui faisaient le tour de la table et emplissaient leurs assiettes. Violette eut bientôt mal au poignet, à manier cette énorme louche. Elle aurait volontiers changé de main, mais, comme elle était droitière, elle craignait de commettre une maladresse et de raviver la fureur du comte. Au moment de servir ce dernier, elle se prit à regretter de n'avoir pas songé à faire l'emplette d'un quelconque poison au marché, pour le glisser dans sa sauce.

Le service achevé, Klaus et Violette regagnèrent discrètement la cuisine. Et, sur fond de gros rires venus de la salle à manger, ils s'attablèrent devant leur propre *puttanesca*, mais le cœur n'y était pas.

Peu après, la tablée du comte se remit à frapper en cadence pour réclamer la suite, et les orphelins retournèrent changer les assiettes et servir le flan au chocolat. À ce stade, il était clair que le comte et ses invités avaient bu sans modération : les épaules s'affaissaient, les langues se faisaient pâteuses. Pour finir, malgré tout, tout ce monde-là parvint à se lever de table et, traînant les pieds, se mit en marche vers l'entrée, sans un coup d'œil pour les enfants derrière leurs monceaux de vaisselle sale.

Le comte parcourut des yeux ce souk qu'était la cuisine.

— Bien, dit-il. Comme il vous reste à tout remettre en ordre, pour ce soir je vous dispense d'assister à la représentation. Mais je vous préviens : la vaisselle faite, vous montez directement vous coucher ! Gare si je reviens à l'improviste et que vous n'êtes pas dans vos lits !

Jusqu'alors, Klaus, dents serrées, n'avait

pas bronché. Mais la dernière menace le fit éclater.

— Dans *nos* lits, dans *nos* lits ! Il faudrait en avoir, des lits ! Vous ne nous en avez donné qu'un pour trois !

Les visiteurs s'arrêtèrent net et se tournèrent vers le comte Olaf pour observer sa réaction. Le comte leva son sourcil unique et ses yeux étincelèrent, mais il répondit d'un ton égal :

— Si vous désirez d'autres lits, il ne tient qu'à vous d'aller en ville vous en acheter.

— Nous n'avons pas un sou, dit Klaus. Et vous le savez très bien.

— Pas un sou ? répondit le comte, et sa voix monta. Bien sûr que si, vous avez des sous ! Vous en avez même beaucoup. Vous êtes les héritiers d'une immense fortune.

— Cette fortune... répliqua Klaus en s'efforçant de retrouver les termes mêmes de Mr Poe. Cette fortune, nul ne peut y toucher avant la majorité de Violette.

Le comte Olaf vira au rouge betterave. Durant près d'une minute, il parut cloué sur place. Puis, sans prévenir, il leva le bras et décocha à Klaus une torgnole magistrale.

Klaus se retrouva par terre, le nez au ras de l'œil tatoué sur la cheville crayeuse. Dans le choc, ses lunettes avaient sauté à l'autre bout de la pièce. Sa joue gauche était en feu. Les acolytes du comte ricanaient, certains même applaudissaient.

— Venez donc, leur dit le comte. Pas la peine de nous mettre en retard pour cette vermine !

— T'en fais pas, Olaf, conclut le diable aux crochets. On te connaît : la fortune Baudelaire, tu trouveras le moyen de mettre la main dessus.

— On verra, dit le comte.

Mais son regard scintillait, à croire qu'il avait déjà son idée.

La porte d'entrée claqua. Les enfants étaient de nouveau seuls. Violette s'agenouilla près de son frère, le serra contre elle pour le réconforter. Prunille rampa jusqu'à ses lunettes, les prit dans sa petite main et les lui rapporta, toutes poisseuses mais intactes. Klaus se mit à sangloter, moins de douleur que de rage. Violette et Prunille joignirent leurs larmes aux siennes, et c'est en pleurant que les enfants Baudelaire firent la vaisselle, en pleurant qu'ils soufflèrent les bougies de la salle à manger, en pleurant qu'ils enfilèrent leurs chemises de nuit râpeuses et s'allongèrent pour la nuit – Klaus sur le lit grumeleux, Violette à même le plancher, Prunille dans son petit nid de vieux rideaux.

La lune glissa ses rayons par les carreaux fêlés, et si quelque monte-en-l'air avait collé le nez à la fenêtre des orphelins, il aurait pu voir trois enfants pleurer – pleurer tout doux, sans bruit, tout au long de la nuit.

Chapitre V

À moins d'avoir vraiment beaucoup, beaucoup de chance, il vous est sûrement arrivé de pleurer. Sans doute avez-vous constaté qu'après une bonne séance de larmes on se sent souvent un peu mieux, même si rien, absolument rien n'a changé.

C'est ce qui se produisit pour les enfants Baudelaire. Après avoir pleuré toute la nuit, ils se levèrent, au matin, avec l'impression qu'un grand poids leur avait été retiré de la poitrine. Ils ne se cachaient pas, bien sûr, que la situation restait calamiteuse ; pourtant, sans savoir pourquoi, ils se sentaient d'attaque pour prendre les choses en main.

Le message du comte Olaf leur ordonnait, ce matin-là, de couper du bois au fond du jardin. Tout en abattant leurs haches sur les bûches pour les débiter en quartiers, Klaus et Violette examinèrent plusieurs plans d'action, tandis que Prunille, pensive, mâchouillait une bûchette.

— Ce qui est sûr, déclara Klaus en palpant avec précaution sa pommette en compote de prunes, c'est qu'il n'est pas question de rester ici. Plutôt errer dans les rues que vivre dans ce trou moisi !

— Oui, mais va savoir ce qui risque de nous tomber dessus, dans les rues ? Au moins nous avons un toit sur nos têtes.

— Trop bête que la fortune de nos parents ne puisse pas nous servir dès maintenant ! On s'achèterait un château et on irait y habiter. Avec des gardes pour nous protéger d'Olaf-face-de-rat et de ses sbires.

— Et je m'installerais un atelier d'inventrice, dit Violette, rêveuse (et sa hache fendit un billot d'un coup sec). Immense, avec des tas de poulies et d'engrenages, des câbles partout, et un calculateur très, très perfectionné.

— Et moi, renchérit Klaus, j'aurais une bibliothèque géante. Aussi confortable que celle de la juge Abbott, mais cinq fois plus grande.

— Guibbou ! lança Prunille, ce qui avait tout l'air de signifier : « Et moi, j'aurais des tonnes de choses à mordre. »

— Peut-être que la juge Abbott pourrait nous adopter ? suggéra Klaus. Tu sais bien, elle a dit qu'on serait toujours les bienvenus.

— Elle voulait dire en tant que visiteurs, rectifia Violette. Ou pour emprunter des livres. Pas pour habiter chez elle.

— Mais si on lui expliquait la situation, s'entêta Klaus, peut-être qu'elle serait quand même d'accord pour nous adopter ?

Il y croyait à demi, mais un regard de sa sœur le ramena à la réalité. Non, c'était sans espoir. Adopter ne se fait pas à la légère.

Qui de nous n'a rêvé, au moins une fois dans sa vie, d'être élevé par quelqu'un d'autre que la ou les personnes autorisées ? Mais nous savions, tout au fond de nous, que ce n'était qu'un rêve en l'air.

— Moi, décida Violette, je pense que nous devrions aller trouver Mr Poe. Au moment de nous quitter, souviens-toi, il nous a dit de passer le voir à la banque, si jamais nous avions des questions à lui poser.

— Mais nous n'avons pas de question à poser, objecta Klaus. Nous avons une plainte à déposer.

En pensée, il revoyait Mr Poe s'avancer vers eux sur la plage, avec son funeste message. Ce pauvre Mr Poe avait beau n'être pour rien dans leur malheur, Klaus ne tenait pas à le revoir. Pour lui, Mr Poe restait le porteur de sinistres nouvelles.

— Franchement, conclut Violette, je ne vois personne d'autre. C'est Mr Poe qui est chargé de nos affaires, je te rappelle. Et s'il savait quel triste sire est le comte Olaf, il nous retirerait d'ici vite fait, j'en suis certaine.

En pensée, Klaus vit la grosse auto de

Mr Poe claquer ses portières sur eux trois pour les emmener très loin de la sinistre masure. Oui, partir. Aller ailleurs. N'importe où serait mieux qu'ici.

— D'accord, dit-il. Finissons-en avec ces bûches et filons à la banque.

Ragaillardis par ce projet, Violette et Klaus manièrent la hache avec une ardeur redoublée. Cinq minutes plus tard, tout le bois débité, ils étaient prêts pour la suite du programme. Ils se souvenaient que le comte Olaf avait parlé d'un plan de la ville, et ils se mirent en quête de ce plan. Mais ils eurent beau fouiner, pas moyen de mettre la main dessus. Sans doute était-il dans la tour interdite ? Tant pis. Ils se mirent en route sans plan. Après tout, le quartier des banques était quelque part dans le centre-ville. Trouver Mr Poe ne devait pas être la mer à boire.

Après avoir traversé le quartier des fleuristes, puis celui des chapeliers, puis celui des sculpteurs, les enfants Baudelaire parvinrent enfin au quartier des banques, et commencèrent par se rafraîchir à la fontaine de la Victoire Boursière. Le quartier des banques se résumait à quatre ou cinq avenues imposantes, bordées de grands bâtiments plaqués de marbre – rien que des banques. Les enfants Baudelaire s'adressèrent d'abord à la Société Particulière, puis au Crédit Bahdlenn et Frères, et enfin à la Banque Salubas, demandant poliment, chaque fois, s'ils pouvaient parler à Mr Poe. Enfin, l'hôtesse d'accueil de la Banque Salubas leur dit qu'elle connaissait Mr Poe, qu'il travaillait au Comptoir d'escompte Pal-Adsu, un peu plus bas sur l'avenue. C'était une bâtisse carrée, assez quelconque vue de l'extérieur, mais les orphelins, sitôt entrés, se retrouvèrent dans une immense rotonde emplie d'échos, plus affairée qu'une ruche. Ils commencèrent par avancer au petit bonheur, puis ils demandèrent à un garde en uniforme s'ils étaient à la bonne adresse pour rencontrer Mr Poe. Il les guida jusqu'à un grand bureau tapissé de classeurs et sans une seule fenêtre.

— Ah tiens ? les enfants ! Bonjour ! les salua Mr Poe, un peu saisi. Entrez, je vous prie.

Il était assis derrière un immense bureau couvert de papiers empilés, apparemment aussi ennuyeux qu'importants. Autour d'une petite photo encadrée représentant sa femme et leurs deux monstres, trois téléphones faisaient la ronde.

— Merci de nous recevoir, dit Klaus en lui serrant la main.

Et les trois enfants Baudelaire s'enfoncèrent dans trois grands fauteuils moelleux. Mr Poe ouvrit la bouche, mais dut tousser dans son mouchoir avant de prendre la parole.

— J'ai beaucoup à faire, aujourd'hui, dit-il enfin. Je n'aurai guère le temps de bavarder. La prochaine fois que vous comptez passer dans le quartier, prévenez-moi un peu à l'avance. Je ferai une petite place dans mon emploi du temps pour vous inviter à déjeuner.

— Ce sera avec plaisir, dit Violette. Et nous sommes désolés de ne pas vous avoir prévenu, mais il s'agit d'une urgence.

— Le comte Olaf est fou, annonça Klaus sans détour. Fou à lier. Nous ne pouvons pas rester avec lui.

— Il a frappé Klaus, ajouta Violette. Et fort. Vous voyez ce bleu, là ?

À cet instant, l'un des téléphones se mit à sonner, une de ces sonneries qui vous vrillent les oreilles.

— Excusez-moi, dit Mr Poe, décrochant le combiné. Oui, Poe à l'appareil. Comment ? Oui. Oui. Oui. Oui. Non. Oui. Merci.

Il raccrocha et regarda les enfants comme s'il avait tout oublié de leur présence.

— Je suis désolé, de... de quoi parlions-nous ? Ah oui. Le comte Olaf. Je suis bien navré que vos premières impressions ne soient pas très favorables.

— Il ne nous a donné qu'un lit, dit Klaus. Un seul lit. Pour nous trois.

— Il nous fait faire toutes sortes de travaux difficiles.

— Il boit beaucoup trop de vin...

Le second téléphone se mit à sonner à son tour. Mr Poe décrocha.

— Excusez-moi. Poe à l'appareil. Oui. Sept. Sept. Sept. Sept. Six et demi. Sept. Il n'y a pas de quoi.

Il raccrocha, griffonna quelque chose sur un papier devant lui et releva les yeux.

— Je suis désolé. Que disiez-vous, déjà ? Ah oui, des travaux difficiles. Mais vous donner de quoi vous occuper est une bonne chose, à mon avis.

— Il nous appelle « les orphelins ».

— Il a des amis horribles.

— Il parle tout le temps de notre fortune.

— Poko ! ajouta Prunille.

Mr Poe leva les mains comme pour endiguer le flot.

— Allons, allons, les enfants ! Il faut vous accorder le temps de vous faire à votre nouveau logis. Vous n'y avez passé que quelques jours à peine...

— On y a passé bien assez de temps, dit Klaus, pour savoir que le comte Olaf est un horrible bonhomme.

Mr Poe poussa un gros soupir ventru et regarda les trois enfants tour à tour. Il avait l'air bien brave, mais manifestement il ne croyait guère à leurs dires.

— Connaissez-vous l'expression latine *in loco parentis* ? demanda-t-il soudain.

Violette et Prunille se tournèrent vers Klaus. Si quelqu'un savait, ce ne pouvait être que lui, le grand lecteur du trio.

— Quelque chose à voir avec les trains ? suggéra Klaus.

Peut-être Mr Poe songeait-il à les expédier, par le train, chez quelque autre parent éloigné ?

Mais Mr Poe fit non de la tête.

— *In loco parentis* signifie, mot pour mot, « à la place des parents ». C'est un terme légal et il s'applique au comte Olaf. À présent que vous voilà placés sous sa tutelle, libre au comte de vous élever à son idée, suivant les méthodes qu'il estime les meilleures. Il se peut que vos parents ne vous aient jamais confié la moindre tâche ; il se peut qu'ils n'aient jamais bu de vin devant vous, qu'ils aient eu des amis plus plaisants que ceux du comte. Mais ce sont là des choses, je le crains, auxquelles il va falloir vous faire. Car le comte Olaf agit *in loco parentis*. Comprenez-vous ?

— Mais il a frappé mon frère ! s'écria Violette. Regardez sa joue !

Hélas, à peine ouvrait-elle la bouche que Mr Poe fut pris d'une quinte de toux. Il tira son mouchoir de sa poche, s'en couvrit le bas du visage et toussa dedans, une fois, trois fois, dix fois. Il toussait si bruyamment que Violette ne sut jamais s'il l'avait entendue.

— Quoi que fasse le comte Olaf, reprit Mr Poe (et tout en parlant, les yeux sur ses papiers, il entourait un nombre d'un cercle au crayon rouge), il agit *in loco parentis*, si bien que nul n'y peut grand-chose. Pour ce qui est de votre fortune, ma banque et moi veillons. Pour ce qui est de votre éducation, le comte Olaf est le seul juge. Et maintenant, veuillez m'excuser, mais il est temps que vous preniez congé, car j'ai beaucoup, beaucoup à faire.

Les enfants restèrent cloués dans leurs fauteuils, abasourdis. Mr Poe leva les yeux et s'éclaircit la voix.

— Prendre congé, commença-t-il, signifie…

— Signifie disparaître, acheva Violette. Et que vous ne ferez rien pour nous.

Elle en tremblait de déception et de colère. Sans attendre la réponse – de toute manière tuée dans l'œuf par la sonnerie du troisième téléphone – elle se leva et sortit, suivie de Klaus qui portait Prunille. Ils quittèrent la banque sans se retourner et s'arrêtèrent sur le trottoir, désemparés.

— Et maintenant ? demanda Klaus d'une pauvre voix.

Violette leva les yeux au ciel. Ah ! pouvoir inventer un engin à se sortir des situations sans espoir !

— Il est déjà tard, dit-elle. Le mieux serait de rentrer, je crois, et de réfléchir à un autre plan pour demain. On pourrait s'arrêter chez la juge Abbott, au passage.

— Mais tu as dit qu'elle ne pouvait rien pour nous, rappela Klaus.

— Pas pour lui demander de l'aide. Pour lui emprunter des livres.

Connaissez-vous la différence entre « littéralement » et « au sens figuré » ? Sinon, la voici, car c'est une distinction bien utile. Lorsqu'une chose a lieu *littéralement* (on dit aussi « au sens propre »), elle a lieu pour de bon ; si elle a lieu *au sens figuré*, elle donne seulement *l'impression* d'avoir lieu.

Par exemple, lorsqu'on saute de joie littéralement, on fait bel et bien des bonds sur place ; lorsqu'on saute de joie au sens figuré, cela signifie qu'on est si heureux qu'on *pourrait* sauter de joie, mais qu'on économise son énergie pour un meilleur usage.

Ce n'est, bien sûr, pas en sautant de joie – ni littéralement, ni au sens figuré – que les enfants Baudelaire reprirent le chemin de la maison du comte. Mais, avant de s'enfermer dans la sinistre demeure, ils allèrent frapper à la maison voisine et la juge Abbott fut ravie de leur ouvrir sa bibliothèque. Violette se choisit trois traités de génie mécanique, Klaus sélectionna quatre ouvrages sur les loups et Prunille se trouva un livre avec des tas d'images de dents. Puis ils regagnèrent leur chambre et se vautrèrent comme ils purent, à trois sur l'unique lit, pour y lire à leur aise. *Au sens figuré*, ils s'évadèrent ainsi de la prison où les tenait le comte Olaf. Oh ! ils ne s'étaient pas *littéralement* évadés : ils étaient toujours chez lui, toujours soumis à ses tristes méthodes d'éducation *in loco parentis*. Mais en cette fin de

journée, après la fatigue et la déception,
c'était mieux que pas d'évasion du tout.
Violette, Klaus et Prunille lisaient comme
des affamés, et, quelque part dans un coin
de leur tête, ils gardaient l'espoir qu'un jour
cette évasion au sens figuré se ferait évasion
au sens propre.

Chapitre VI

Le lendemain matin, lorsque les trois enfants entrèrent dans la cuisine, encore titubants de sommeil, ce n'est pas un billet du comte Olaf qu'ils trouvèrent, mais le comte en personne.

— Ah, les orphelins, dit-il, vous tombez à pic ! Je vous sers votre bouillie.

Les enfants s'assirent à table et regardèrent leur bouillie d'un œil soupçonneux. De la part du comte Olaf, cet accès d'amabilité avait quelque chose de suspect. Qui pouvait dire si la mixture ne contenait pas quelque poison ou des éclats de verre ? Mais chacun des bols, ô surprise ! était parsemé

de framboises fraîches. Des framboises !
Depuis la mort de leurs parents, les enfants
Baudelaire n'en avaient pas vu la queue
d'une ; et justement ils raffolaient de framboises fraîches.

— Merci, dit Klaus d'un ton prudent.

Il saisit une framboise entre le pouce et
l'index pour l'examiner de près. Et si c'était
une fausse framboise ? Une de ces baies
toxiques à l'air traîtreusement délicieux ? Le
comte Olaf, devinant ses doutes, prit une framboise dans le bol de Prunille et, avec ostenta-
tion, la fourra dans sa grande bouche et la goba.

— Hein que c'est bon, les framboises ?
dit-il avec son sourire de crocodile. C'était
mon fruit préféré, à votre âge.

Violette essaya d'imaginer le comte en
petit garçon. Peine perdue. Ces yeux
luisants, ces mains crochues, ce sourire de
fantôme — non, plus rien de l'enfant ne
subsistait chez lui. Elle saisit bravement sa
cuillère et s'attaqua à sa bouillie. Le comte
en avait mangé, c'était sans doute comes-
tible. Et d'ailleurs elle avait faim. Klaus
l'imita, suivi de Prunille, presque aussitôt

toute barbouillée de framboise écrasée.

— J'ai reçu un coup de fil, hier, dit le comte Olaf. De Mr Poe. Il m'a dit que vous étiez allés le voir...

Les enfants échangèrent des coups d'œil furtifs. Ils avaient espéré un peu plus de discrétion. Quelle mouche avait piqué Mr Poe d'aller parler de leur visite au comte Olaf ?

— Il m'a dit, enchaîna le comte, qu'apparemment vous aviez du mal à vous acclimater au nid que je vous offre de si bon cœur. Je suis absolument navré de l'apprendre.

Les enfants observèrent le comte. Absolument navré, il en avait la mine ; mais ses yeux pétillaient comme s'il s'amusait bien.

— Nous sommes désolés, dit Violette. Désolés que Mr Poe vous ait importuné.

— Moi, je suis ravi qu'il l'ait fait, au contraire. J'aimerais tant que vous vous sentiez chez vous ! C'est mon vœu le plus cher, à présent que je suis votre père.

Une ombre passa dans le cœur des enfants. Ils songèrent à leur vrai père – si gentil, si différent du triste remplaçant assis là, de l'autre côté de la table.

— Ces temps derniers, reprit le comte Olaf, c'est vrai, j'ai eu l'esprit accaparé par cette pièce que nous montons, avec ma troupe. Je me rends bien compte à présent que j'ai dû me montrer un peu... comment dire ? un peu réservé.

Réservé ! Klaus faillit lui éclater de rire au nez. « Réservé », le mot convient à quelqu'un qui se tient un peu à distance ; quelqu'un de timide ou de froid, mais sûrement pas quelqu'un qui n'offre qu'un lit pour trois, qui inflige des tas de corvées et qui balance des torgnoles en prime ! Pour décrire ce genre de personnage, il existe une foule de mots, et « réservé » n'en fait pas partie. Mais Klaus avait encore la pommette mauve et il choisit de se taire.

— Bref, poursuivait le comte. Comme je suis prêt à tout pour vous mettre à l'aise, je viens d'avoir une bonne idée : vous allez prendre part à ma prochaine pièce. Peut-être serez-vous ainsi moins tentés d'aller pleurnicher sur l'épaule de Mr Poe.

— Participer, euh, de quelle façon ? s'inquiéta Violette.

82

Avec toutes les corvées dont le comte les accablait déjà, elle n'avait aucune envie d'en faire davantage.

— Voilà, dit le comte d'un air gourmand. C'est une pièce intitulée *Le Mariage merveilleux*, par le grand auteur dramatique Alfred Tourtebuse. Nous n'en donnerons qu'une seule et unique représentation, vendredi prochain. C'est l'histoire d'un homme très courageux et très intelligent, rôle qui sera tenu par moi-même. Dans la scène finale, il épouse la femme qu'il aime, toute jeune et fort jolie, sous les acclamations de la foule en liesse. Toi, Klaus, et toi, Prunille, vous ferez partie des témoins du mariage.

— Mais nous sommes plus petits que la plupart des adultes, objecta Klaus. Ça ne fera pas un peu bizarre ?

— Vous tiendrez le rôle de deux nains qui assistent au mariage, répondit le comte d'un ton patient.

— Et moi ? dit Violette. Je suis très forte en bricolage, je peux aider à bâtir le décor.

— Bâtir le décor ? se récria le comte.

Dieu du ciel, non ! Une jolie demoiselle n'a rien à faire en coulisses.

— J'aimerais bien, pourtant, insista Violette.

Le sourcil unique du comte parut prendre son envol, signe avant-coureur de tempête. Puis le sourcil redescendit ; le comte matait son irritation.

— Pas question ! Ta place sera sur scène, dans un rôle bien plus important : c'est toi qui vas jouer la jeune femme que j'épouse.

Les framboises juste avalées se retournèrent dans l'estomac de Violette comme sous l'effet du mal de mer. Avoir le comte Olaf pour père était déjà bien assez horrible ; l'imaginer en mari surpassait les pires cauchemars.

— C'est un rôle *très* important, poursuivit-il avec un sourire exagéré. Et rien à apprendre par cœur. Rien d'autre à faire que répondre « Oui » quand la juge Abbott te demandera si tu veux m'épouser.

— La juge Abbott ? dit Violette, surprise. Qu'est-ce qu'elle a à voir là-dedans ?

— Elle a accepté le rôle du juge dans la cérémonie de mariage. (Derrière le comte, l'énorme œil peint sur le mur surveillait les enfants, impavide.) Oui, je lui ai demandé de participer aussi. Pour agir en bon voisin, pas seulement en bon père.

— Comte Olaf, commença Violette, puis elle se tut net, cherchant comment l'amadouer pour mieux le dissuader. Euh, *père*... je n'ai pas assez de talent, j'en suis sûre, pour jouer dans une vraie pièce de théâtre, avec des vrais acteurs. Je... Cela m'ennuierait beaucoup de déshonorer votre nom et celui d'Alfred Tourtebuse. De plus, je vais être très occupée, ces jours-ci, à travailler sur mes inventions et à... à apprendre à cuisiner le rôti de bœuf, ajouta-t-elle, inspirée.

Le comte allongea le bras et, de ses doigts crochus, caressa Violette sous le menton.

— Tu joueras dans cette pièce, dit-il en la regardant droit dans les yeux. Tu tiendras ce rôle. J'aimerais mille fois mieux que tu le fasses de ton plein gré, mais, comme Mr Poe a dû vous l'expliquer, je peux t'en donner l'ordre et *tu dois m'obéir.*

Ses ongles sales griffaient le menton de Violette. Elle se retenait de frissonner.

Dans la cuisine muette, on aurait entendu une mouche se lisser les ailes. Enfin le comte Olaf retira sa main maigre, il se leva et sortit sans un mot. Les enfants l'écoutèrent gravir à pas lourds l'escalier de la tourelle interdite.

— Hum, fit Klaus. On est bons pour jouer dans cette pièce, je vois ça d'ici. Remarque, ça ne nous tuera pas. Il a l'air d'y tenir, et on n'a pas intérêt à le prendre à rebrousse-poil.

— Je sais. Ce qui m'ennuie, c'est que je suis sûre qu'il trame quelque chose.

— Tu crois ? s'alarma Klaus. Tu crois... que ces framboises étaient empoisonnées ?

— Empoisonnées ? Pas grand risque. Ce qui l'intéresse, c'est notre fortune. À quoi ça l'avancerait de nous supprimer ?

— Bon, d'accord. Mais à quoi ça l'avance de nous donner un rôle dans sa crétinerie de pièce ?

— C'est bien là le problème, soupira Violette.

Et elle se leva pour desservir la table.

— Tu sais ce qu'il nous faudrait ? reprit Klaus après un silence. En savoir plus long sur les lois de l'héritage. Je crois que tu as raison. Olaf-face-de-rat s'est trouvé un plan pour piquer nos sous et, ce plan, j'aimerais bien le connaître.

— Si on demandait à Mr Poe ? hasarda Violette. Il connaît le latin juridique et tout ça.

— Sauf qu'il n'aurait rien de plus pressé que d'appeler le comte Olaf, et que ça nous retomberait sur le nez. Non, demandons plutôt à la juge Abbott. La loi, forcément, elle connaît.

— Oui, mais le comte est son voisin. En bonne voisine, elle pourrait fort bien lui dire que nous avons posé la question.

Klaus retira ses lunettes, comme souvent lorsqu'il réfléchissait ferme, et les essuya en marmottant :

— Mais comment nous renseigner sans que le comte en sache rien ?

— Liiiv ! cria brusquement Prunille.

Ce qui signifiait probablement : « Quelqu'un veut bien me débarrasser le nez de cette bouillie plâtreuse ? » Mais Klaus et Violette songèrent à la même chose. *Liiiv ?* Quelle bonne idée ! À coup sûr, la juge Abbott avait au moins un livre ou deux sur les lois de l'héritage.

— Le comte Olaf ne nous a pas laissé d'instructions, fit remarquer Violette. C'est l'occasion rêvée d'aller voir la juge et sa bibliothèque, non ?

Klaus sourit.

— Absolument. Et je sens qu'aujourd'hui je vais laisser de côté les livres sur les loups.

— Et moi, les traités de génie mécanique, dit Violette. Je brûle de lire quelque chose, je crois, sur les lois de l'héritage.

— Alors, on y va tout de suite. Tu sais bien, la juge nous a dit de revenir le plus tôt possible. Nous ne voudrions pas avoir l'air réservés !

Et, en songeant au comte – réservé, lui ? pourquoi pas timide ? –, les enfants éclatèrent de rire, même Prunille qui pourtant ne comprenait pas trop. Vite, ils lavèrent la vaisselle et la rangèrent dans le placard, sous l'œil perçant du placard d'en face. Puis ils ne firent qu'un bond à la maison voisine. *Le Mariage merveilleux*, leur avait dit le comte, se jouait le vendredi. Pour percer à jour son plan maléfique, il n'y avait pas une minute à perdre !

Chapitre VII

Des livres, il en existe de toutes sortes, dans tous les formats, tous les genres. Et rien d'étonnant après tout : les gens aussi, il en existe de toutes sortes, dans tous les formats, tous les genres ; il est bien normal que chacun souhaite lire ce qui lui plaît. (Par exemple, si vous détestez les livres dans lesquels des enfants vivent des aventures horribles, vous feriez mieux de refermer celui-ci séance tenante.)

Mais il est aussi des livres que personne n'a jamais envie de lire, et ce sont les livres de droit. Dans ces livres-là, on ne parle que de lois. Et ils sont toujours affreusement longs, affreusement ennuyeux, affreusement ardus à lire. C'est d'ailleurs ce qui permet aux juges, aux avocats et à tous les hommes de loi de devenir très riches : eux seuls ont eu le courage de lire jusqu'au bout ces livres à dormir debout. Et seule l'envie de devenir très riche peut inciter à s'attaquer à des livres affreusement longs, affreusement ennuyeux et ardus — elle seule peut pousser à les lire en entier.

Les enfants Baudelaire, bien sûr, avaient une raison très spéciale de s'attaquer à des livres de droit. Leur but n'était pas de devenir riches, mais d'empêcher le comte Olaf de faire quelque chose d'odieux pour devenir riche. Pourtant, même avec cette bonne raison, lire ces grimoires était une tâche très, très ingrate.

— Juste ciel ! s'écria la juge Abbott lorsque, entrant dans la pièce, elle vit dans quoi s'étaient plongés ses jeunes invités.

Elle leur avait ouvert la bibliothèque, mais elle était repartie presque aussitôt s'occuper des fleurs de son jardin, laissant les trois orphelins seuls dans ce palais de la lecture.

— Et moi qui vous croyais intéressés par le génie mécanique, la faune d'Amérique du Nord et l'art dentaire ! Êtes-vous sûrs que vous tenez tant à lire ces gros manuels de droit ? Même moi, je n'y tiens pas spécialement, et pourtant le droit est mon métier.

— Oui, madame, mentit Violette. Je les trouve très intéressants.

— Moi aussi, assura Klaus. Violette et moi pensons faire du droit, plus tard. Pour nous, ces livres sont passionnants.

— Ah bon, dit la juge. Mais Prunille, j'en suis sûre, est bien moins passionnée. Si elle venait plutôt m'aider à jardiner ?

— Gloupi ! lança Prunille de sa petite voix suraiguë.

Autrement dit : « Oui, j'ai mille fois plus envie de jardiner que de rester ici à regarder mes aînés le nez dans de gros livres. »

— D'accord, dit Klaus en remettant sa petite sœur aux mains de la juge. Mais méfiez-vous, elle est bien capable d'avaler de la terre !

— Je vais faire très attention, dit gaiement la juge. Quelle n'aille pas se rendre

malade. Surtout si près de la grande représentation !

Violette et Klaus échangèrent un regard.
Violette hasarda :

— Vous êtes contente de jouer dans cette
pièce ?

Le visage de la juge s'illumina.

— Contente ? Enchantée, oui ! Monter
sur scène est un vieux rêve. Déjà, toute
petite... Et voilà que le comte Olaf m'offre
l'occasion de le réaliser. Vous n'êtes pas
émoustillés, vous, à l'idée d'avoir un rôle
dans cette pièce ?

— Peut-être un peu, concéda Violette.

— Mais bien sûr que oui, vous l'êtes ! dit
la juge.

Et elle ressortit au jardin, des étoiles dans
les yeux et la petite main de Prunille dans
la sienne.

Violette et Klaus soupirèrent.

— Et voilà, dit Klaus. Faire du théâtre, elle
en meurt d'envie. Jamais elle ne voudra croire
qu'Olaf-face-de-rat machine quelque chose.

— Elle ne nous serait d'aucun secours,
de toute façon, dit Violette morose.

Elle est juge. Elle aurait tôt fait de parler de *in loco parentis* et tout ça. Comme Mr Poe.

— Raison de plus pour trouver une raison *légale* d'empêcher cette représentation, dit Klaus d'un ton résolu. Tu as trouvé quelque chose dans le volume que tu lis ?

— Rien de bien utile pour le moment, avoua Violette, consultant le bout de papier sur lequel elle griffonnait des notes. Voilà cinquante ans, une dame avait légué sa fortune à sa belette apprivoisée, et pas un sou à ses trois fils. Pour essayer de récupérer le magot, les trois fils tentèrent de prouver que leur mère avait perdu la raison.

— Et alors ?

— Je crois que la belette est morte, mais je n'en suis pas certaine. Il y a plusieurs mots difficiles, il faut que je regarde dans un dictionnaire.

— Je ne crois pas que cette histoire nous soit très utile, de toute manière, dit Klaus.

— Peut-être que le comte Olaf essaie de prouver que nous avons perdu la raison, nous aussi ? Pour mettre la main sur nos sous ?

Klaus plissa le front.

93

— Mais en quoi nous donner un rôle dans *Le Mariage merveilleux* serait-il un moyen de prouver que nous sommes fous ?

— Je n'en sais rien, admit Violette. Je sèche complètement. Et toi ? Tu as trouvé quelque chose ?

— À peu près à l'époque de ta dame à la belette, dit Klaus en feuilletant l'énorme volume qu'il compulsait, une troupe de théâtre a joué *Macbeth* – de Shakespeare – entièrement en costume d'Adam.

Violette rougit.

— Tu veux dire que tous les acteurs étaient nus comme des vers ? Sur scène ?

— Ça n'a pas duré très longtemps, répondit Klaus, un sourire aux lèvres. La police est venue et a fermé le théâtre. Bon. Mais ça non plus, ça ne nous mènera pas loin. C'était juste amusant à lire.

Violette dégagea son front de ses boucles.

— Peut-être que le comte Olaf ne manigance rien, finalement, dit-elle. Je n'ai aucune envie de jouer dans sa pièce, mais peut-être que nous nous faisons des idées. Si ça se trouve, il essaie bel et bien de nous mettre à l'aise.

— Lui ? faillit s'étrangler Klaus. On voit bien que c'est pas toi qui as reçu une châtaigne !

— Bon, d'accord. Mais dis-moi comment nous faire jouer dans sa pièce lui permettrait de s'emparer de nos sous. Oh ! j'ai les yeux qui piquent à force de lire ces livres, et tout ça ne nous avance à rien. Tant pis, je vais au jardin aider la juge Abbott.

Klaus regarda la porte se refermer sur sa sœur et un accès de découragement le prit. Trois jours, il ne restait que trois jours pour découvrir ce que tramait le comte, sans parler, bien sûr, de trouver le moyen de déjouer ses plans. Pauvre Klaus ! Il avait grandi dans la certitude que les livres contenaient la solution à tous les problèmes. Il avait toujours cru, dur comme fer, qu'il suffisait d'avoir beaucoup lu pour venir à bout de tout. Il n'en était plus si sûr.

Un coassement le fit sursauter :

— Dis donc, toi ! Qu'est-ce que tu fais là ?

Il se retourna. Un compère du comte s'encadrait dans la porte, le grand diable aux crochets à la place des mains.

95

– Hein ? Qu'est-ce que tu fais là ?
Le comte Olaf m'a envoyé vous chercher.
Il vous ordonne de rentrer à la maison immé-
diatement.

Klaus n'eut pas le temps de répondre. En
trois enjambées, l'homme était sur lui.

— Tu vas me le dire, oui, ce que tu fais
là, entre quatre murs, par ce beau temps ?
À respirer ces vieux bouquins moisis ? Fais
voir un peu... *L'héritage ; loi et juris...pruden-
ce*. On peut savoir pourquoi tu lis ça ?

— À votre avis ? le défia Klaus.

— Mon avis ? Ah ! tu veux mon avis ?
(Un vilain crochet luisant se posa sur l'épaule
de Klaus.) Mon avis, c'est qu'on ferait mieux
de t'interdire de remettre les pieds dans cette
bibliothèque, du moins d'ici à samedi. Qu'un
petit morveux comme toi n'aille pas se fourrer
de grandes idées dans le crâne. Bon, et maintenant, où sont ta sœur aînée et ton horreur
de petite sœur ?

— Au jardin, répondit Klaus en libérant
son épaule d'un coup sec. Vous n'avez qu'à
aller les chercher !

Le grand diable se pencha vers lui, si près

que son haleine mit Klaus au bord de l'asphyxie.

— Écoute voir, freluquet, écoute bien ! La seule chose qui retient le comte Olaf de vous débiter en petits morceaux, vous trois, c'est d'avoir encore à mettre la main sur votre magot. S'il vous laisse la vie sauve, c'est uniquement le temps d'arriver à ses fins. Mais pose-toi cette question, ver de bibliothèque : quand il aura vos sous, quelle raison aura-t-il de s'encombrer de vous ? Que crois-tu qu'il adviendra, hein, alors ?

Klaus sentit ces mots s'enfoncer en lui comme du plomb. Jamais encore, de sa vie, il n'avait été aussi terrorisé. Ses bras, ses jambes tremblaient comme l'herbe au vent. Il cherchait que répondre, et d'étranges sons sortaient de sa gorge, de ceux que Prunille émettait parfois. « Raah... raaah... »

— Et quand ce jour viendra, moustique, j'ai dans l'idée que c'est moi qu'Olaf chargera de s'occuper de toi. Alors tu vois, à ta place, j'essaierais d'être un peu plus aimable.

Le grand diable se releva. Seuls ses crochets dansaient encore sous le nez de

Klaus, et la lumière des lampes tulipes y jetait des reflets sinistres.

— Maintenant, dit l'homme, si tu permets, faut que j'aille chercher tes sœurettes.

Klaus se retrouva seul, plus mou qu'un chiffon à poussière. Un long instant il resta figé sur sa chaise, occupé à reprendre souffle. Mais ses pensées galopaient dans sa tête. C'étaient ses derniers instants dans la précieuse bibliothèque – sa dernière chance, peut-être, de contrecarrer les plans du comte. Mais que faire ? Du jardin lui parvenaient des bribes de la conversation entre la juge et l'homme aux crochets. Fiévreusement il cherchait des yeux, dans la pièce, l'ouvrage qui permettrait de sauver la situation.

Juste comme des pas revenaient vers la maison, Klaus repéra un livre et s'en saisit vivement. Il sortit sa chemise de son pantalon, glissa le livre par-dessous et rentra sa chemise en hâte.

Il était temps : la porte de la bibliothèque s'ouvrit et l'homme aux crochets réapparut. Il poussait Violette devant lui et tenait Prunille sous le bras – Prunille qui tentait

98

en vain de mordre le crochet le plus proche.

— J'arrive, s'empressa de dire Klaus.

Et il se coula dehors prestement. Puis il prit la tête du petit cortège, en priant le ciel que nul n'avise la bosse rectangulaire sous sa chemise.

Peut-être, oh ! peut-être que cet emprunt clandestin allait leur sauver la vie ?

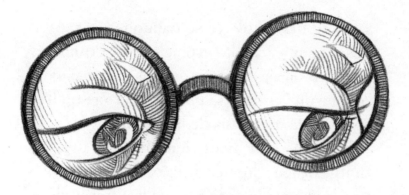

Chapitre VIII

Klaus passa la nuit à lire. D'ordinaire, lire la nuit faisait partie de ses plaisirs favoris. Du vivant de ses parents, il s'était bien des fois enfoui sous les couvertures avec une lampe de poche, pour y lire en cachette jusqu'à ce que ses yeux se ferment d'eux-mêmes. Plus d'une fois, au matin, son père l'avait surpris ainsi en venant le réveiller : endormi sur son livre, et sa lampe à la main.

Mais cette nuit-là, bien sûr, c'était tout différent. Calé contre la fenêtre, sous la lune, il potassait le volume introduit en contre-bande. De temps à autre, il jetait un regard à ses sœurs. Violette se trémoussait sans relâche sur le matelas grumeleux, et Prunille s'était enfoncée dans son petit nid de rideaux comme un ver dans sa pomme, à croire qu'il n'y avait là qu'un tas de linge fripé.

Klaus ne leur avait rien dit de ce livre. Inutile de leur donner de faux espoirs. Rien ne garantissait que l'ouvrage les tirerait de leur mauvais pas.

C'était un gros livre imprimé serré, ardu et ennuyeux à mourir. Les heures passaient, la fatigue montait. De temps à autre, Klaus sentait ses paupières tomber. Il se surprenait à relire la même phrase encore et encore. Il se surprenait à relire la même phrase encore et encore. Il se surprenait à relire la même phrase encore et encore. Puis le souvenir lui revenait des deux crochets aux reflets féroces – de vrais crochets de boucher – et il reprenait sa lecture. Avec un bout de papier déchiré il s'était fait des marque-page afin de retrouver les passages importants.

Lorsqu'un peu de grisaille annonça l'aube, Klaus avait découvert tout ce qu'il voulait savoir. L'espoir revint avec le jour. Au premier chant d'oiseau, Klaus traversa la chambre sur la pointe des pieds pour ne pas réveiller ses sœurs – Violette enfin paisible et Prunille toujours invisible sous sa chiffonnade de rideaux – et il ouvrit la porte sans bruit. Puis, toujours à pas de velours, il se rendit à la cuisine et y attendit le comte Olaf.

Il n'eut pas longtemps à attendre. Bientôt, un pas traînant descendit l'escalier de la tourelle. En entrant dans la cuisine, le comte Olaf vit Klaus à la table, un petit sourire aux lèvres.

— Te voilà debout bien tôt, ce matin, orphelin !

Le cœur de Klaus jouait des castagnettes, mais à l'extérieur il se sentait très calme, comme blindé d'une armure invisible.

— Je ne me suis pas couché, cette nuit, dit-il. Je lisais. Je lisais ce livre, ajouta-t-il en poussant le volume vers le comte. J'y ai fait d'intéressantes découvertes.

Le comte Olaf venait de sortir une bouteille de vin rouge et s'apprêtait à s'en verser une rasade. Il allongea le cou pour lire le titre de l'ouvrage. *Lois du mariage.*

Il posa la bouteille et s'assit.

— D'où sort ce livre ?

— De la bibliothèque de la juge Abbott, répondit Klaus avec aplomb. Mais ce n'est pas ça, l'important. L'important, c'est que j'ai découvert ce que vous manigancez.

— Tiens donc ? s'écria le comte Olaf, levant son sourcil unique. Vraiment ? Et qu'est-ce que je manigance, hein, avorton ?

Très sûr de lui, Klaus ouvrit le volume à l'une des pages marquées et lut d'une voix claire :

— « Formalités de célébration du mariage. Les conditions requises sont au nombre de trois : un, la présence d'un juge ; deux, le consentement de chacun des futurs époux, manifesté par un *Oui* à voix haute ; trois, la signature de l'acte de la propre main de chacun d'eux. » Autrement dit, accusa Klaus en refermant l'ouvrage, si ma sœur dit « Oui » et si elle signe un bout de papier, le tout en présence de la juge Abbott, elle se retrouve légalement mariée. Cette pièce que vous comptez jouer, ce n'est pas *Le Mariage merveilleux*, c'est *Le Mariage entourloupe*.

Ce n'est pas au sens figuré que vous comptez épouser Violette ; c'est littéralement ! Ce sera bien plus que du théâtre : ce sera un mariage pour de bon, valable devant la loi !

Le comte Olaf éclata d'un rire rauque.

— Ta sœur n'est même pas en âge de se marier.

— Non, mais elle le peut quand même, avec une autorisation spéciale. Celle de son tuteur légal, agissant *in loco parentis*. Ça aussi, je l'ai lu. Bien joué, comte. Mais raté !

— Et pourquoi diantre voudrais-tu que j'aille épouser ta sœur ? Elle est bien jolie, je te l'accorde, mais un homme comme moi peut s'offrir toutes les jolies femmes qu'il veut.

Klaus rouvrit les *Lois du mariage* à une autre page.

— « Le mari, lut-il à voix haute, a l'entier contrôle des biens personnels de sa femme. » (Il posa sur le comte un regard de triomphe.) Vous voulez épouser ma sœur pour mettre la main sur la fortune Baudelaire ! Ou plutôt, c'est ce que vous vouliez faire ! Parce que, désolé, c'est raté. Je vais tout dire à Mr Poe, et attendez un peu ! Annulée, votre pièce

105

de théâtre. Vous jouerez la suite en prison !

Les yeux du comte Olaf se firent plus luisants que jamais, mais son petit sourire satisfait ne s'effaça pas, au contraire.

Klaus en fut surpris. Il s'était attendu à des éclats, des jurons, de grands gestes. N'avait-il pas devant lui un homme qui entrait en fureur quand on lui servait de la *puttanesca* au lieu d'un rôti de bœuf ? Or voilà que, pris la main dans le sac, il restait aussi serein que si on lui parlait de la pluie et du beau temps !

— Tu dis vrai, j'imagine, enchaîna le comte d'un ton tranquille. Me voilà percé à jour. Je vais me retrouver sous les verrous, et ce sera bon débarras, n'est-ce pas ? Bien, et maintenant, si tu filais l'annoncer à tes sœurs ? Elles vont être ravies, j'en suis sûr, d'apprendre ta victoire sur mes noires intentions.

Klaus observa le comte, qui souriait d'un air retors. Pourquoi ne proférait-il pas d'horribles menaces ? Pourquoi ne s'arrachait-il pas les cheveux ? Pourquoi ne courait-il pas faire ses valises ? Les choses ne se passaient pas du tout comme Klaus l'avait imaginé.

— Oui, justement ! annonça Klaus.
Je vais le dire à mes sœurs !

Et il courut à la chambre.

Violette dormait toujours et Prunille
restait invisible, nichée sous ses rideaux.
Klaus commença par réveiller Violette.

— Tu sais quoi ? dit-il d'un trait dès qu'elle
ouvrit les yeux. J'ai lu toute la nuit et ça y
est, je le sais, ce qu'Olaf-face-de-rat mijote !
Il compte t'épouser pour de bon, alors que
tout le monde croit que c'est du théâtre,
même la juge Abbott. Et après ça, quand tu
seras sa femme, il aura les pleins pouvoirs
sur la fortune de nos parents et il pourra se
débarrasser de nous.

— Me... m'épouser... pour de bon ?
bégaya Violette. Mais comment ? Ce n'est
qu'un spectacle.

— Pour qu'un mariage soit valide,
expliqua Klaus en brandissant les *Lois du
mariage*, il suffit que tu dises « oui » et que
tu signes un document, de ta propre main,
en présence d'un juge – comme la juge
Abbott, par exemple ! Que tout ça se passe
sur scène ou ailleurs n'y change rien.

— Mais je n'ai même pas l'âge de me marier ! objecta Violette. J'ai quatorze ans tout rond.

— « Avant l'âge de dix-huit ans, répondit Klaus en ouvrant son manuel à une autre page marquée, une jeune fille peut se marier avec l'autorisation de son père ou de son tuteur légal. » Tuteur légal, comme le comte Olaf.

— Ooh non ! gémit Violette. Que faire ?

— Montrer ceci à Mr Poe, dit Klaus en tapotant le livre. Cette fois, il sera bien obligé de croire aux vilaines intentions de Face-de-rat. Habille-toi, je réveille Prunille, et filons à la banque ! En partant tout de suite, on sera là-bas pour l'ouverture.

Violette qui d'ordinaire, le matin, était un peu lente à se mettre en train, ne perdit pas une seconde. Sautant à bas du lit, elle gagna d'un bond le carton à vêtements. Klaus se pencha sur le nid de rideaux pour réveiller sa petite sœur.

— Prunille, appela-t-il tout doux, posant la main sur la bosse qui devait être la tête. Hou hou, Prunille ?

Pas de réponse.

— Prunille, répéta Klaus, et il tiraillia un peu sur l'étoffe. Pru-unille !

Il tira davantage, rabattit un pan de rideau – et s'arrêta net. Sous le rideau il n'y avait rien, rien d'autre qu'un deuxième pan de rideau. Il retira une à une, en hâte, les pelures superposées. Sa petite sœur n'était pas là-dessous.

Alors il hurla : « Prunille ! », cherchant des yeux autour de lui.

Violette laissa retomber la robe qu'elle venait de déplier et se joignit à ses recherches. Ils inspectèrent tous les recoins, y compris le dessous du lit et le fond du carton à vêtements. Prunille n'était nulle part en vue.

— Mais où peut-elle être ? s'affola Violette. Ce n'est pas son genre de fuguer.

— C'est un peu fort, ça oui ! coassa une voix derrière eux. Où peut-elle bien être ?

Ils se retournèrent d'un bloc. Campé dans l'embrasure de la porte, le comte Olaf les regardait chercher. Ses yeux brillaient comme jamais, toujours avec ce petit sourire, le sourire de quelqu'un qui vient d'en dire une bien bonne.

Chapitre IX

Oui, reprit le comte Olaf, c'est bien troublant, un chérubin qui s'envole. Surtout si petit, et sans défense.

— Où est Prunille ? cria Violette. Qu'avez-vous fait d'elle ?

Le comte fit la sourde oreille.

— Mais on voit tant de choses bizarres, de nos jours ! D'ailleurs, si vous voulez me suivre au jardin, vous deux, je parie que nous aurons sous les yeux un spectacle peu ordinaire.

Sans un mot, les enfants Baudelaire suivirent le comte jusqu'à la porte de derrière. Violette parcourut des yeux le jardinet pelé.

Mais elle avait beau chercher des yeux, toute frissonnante dans sa chemise de nuit, elle ne voyait rien de spécial.

— Vous ne regardez pas où il faut, gloussa le comte. Pour des enfants qui lisent tant et plus, vous n'êtes vraiment pas très futés.

Alors Violette se tourna vers lui. Ses yeux furent d'abord attirés par l'œil tatoué de la cheville, cet œil qui les surveillait depuis leur arrivée. Puis son regard monta le long du grand corps maigre, flottant dans son costume fripé, et suivit la direction indiquée par l'index noueux, droit vers la tourelle interdite. Là, à l'unique fenêtre qui s'ouvrait dans la brique sale, était accroché quelque chose qui ressemblait à une cage d'oiseau.

— Oh non ! souffla Klaus d'une voix étranglée, et Violette regarda mieux.

C'était bien une cage à oiseau, pendue au-dessus du vide. Et à l'intérieur, en guise d'oiseau, il y avait Prunille, une Prunille rabougrie, recroquevillée, immobile, écarquillant des yeux immenses. Mais elle ne risquait pas de faire de bruit, car un grand morceau de bande adhésive lui bâillonnait le bas du visage ; ni de s'agiter non plus, car elle était ligotée à l'aide de grosses cordes.

— Libérez-la ! lança Violette. Elle ne vous a rien fait ! C'est un bébé !

— Voyons... dit le comte, et il s'assit sur une souche, l'air songeur. Certes, je pourrais ouvrir cette cage. Mais même une petite tête comme la tienne doit bien voir que la chère enfant risque de voler assez mal. Et je crains fort que, vu la hauteur... Il y a plus de dix mètres, vois-tu, entre la fenêtre et le sol. Ça me paraît beaucoup, même pour une petite chose qui pèse moins qu'une plume. Cela dit, si tu insistes...

— Non ! hurla Klaus. N'ouvrez pas la cage !

Violette regarda le comte, puis le petit paquet qui était sa sœur, suspendu en haut de la tourelle et se berçant doucement au vent. Elle eut la vision du paquet qui tombait, se ruant vers le sol. Les dernières pensées de sa petite sœur ne seraient que pure terreur. Non, c'était insoutenable.

— S'il vous plaît, implora-t-elle. Ce n'est qu'un bébé. S'il vous plaît. Nous ferons tout

ce que vous voudrez. N'importe quoi. Ne lui faites pas de mal !

— Tout ce que je voudrai ? susurra le comte, le sourcil levé. (Il s'inclina vers Violette et plongea les yeux dans les siens.) N'importe quoi ? Vraiment ? Comme, par exemple, m'accorder ta main, demain soir, sur scène ?

Violette lui rendit son regard. Son estomac se révulsait, comme si c'était elle qu'on allait jeter du haut de cette tourelle. Le pire, avec le comte Olaf, elle s'en rendait compte soudain, c'est qu'il était drôlement malin, finalement. Ce n'était pas seulement une espèce d'arsouille sinistre et féroce ; c'était une espèce d'arsouille sinistre et féroce *et* redoutablement fine mouche.

Le comte Olaf eut un petit rire.

— Pendant que vous étiez si occupés, le nez dans vos bouquins, à mijoter vos accusations, j'ai envoyé le plus sournois, le plus madré de mes associés se faufiler dans votre chambre et y cueillir votre chère Prunille. Oh ! n'ayez crainte, elle est en sûreté. Elle va seulement me servir de bâton pour faire avancer la mule.

— De bâton ! s'indigna Klaus. Une petite fille !

— N'importe quel muletier vous le dira : pour faire avancer une mule rétive, il faut une carotte par-devant ou un bâton par-derrière. Faute de carotte, ce sera le bâton. Ça vous chagrinerait, n'est-ce pas, de perdre bêtement votre petit ange ? Par conséquent, Violette, je reprends ma question : accepteras-tu de m'épouser ?

Violette avala sa salive. Répondre semblait au-dessus de ses forces.

— Allons, ma jolie, murmura le comte d'un ton doucereux, allongeant sa patte d'araignée pour lui caresser les cheveux. Serait-ce donc si terrible d'être ma petite femme ? De vivre sous mon toit pour le restant de tes jours ? Tu es si mignonne que, vois-tu, après le mariage, je ne serai sans doute même pas tenté de me débarrasser de toi, contrairement à ton frère ou ta sœur.

Violette s'imagina un instant dormir aux côtés du comte Olaf, ouvrir les yeux chaque matin sur cet odieux personnage. Elle se vit errer dans la maison, faire son possible pour l'éviter toute la journée, et puis, le soir venu, cuisiner pour sa bande d'énergumènes, jour après jour, toute sa vie durant. Non, c'était insoutenable.

Mais elle leva les yeux vers la cage, vit le petit ballot ligoté, et la réponse s'imposa.

— Si vous libérez Prunille… si vous la relâchez saine et sauve, oui, je vous épouserai.

— Je relâcherai Prunille, répondit le comte. Saine et sauve. Demain soir, après la représentation. En attendant, elle restera en haut de ma tour, sous clé. Et je vous préviens : l'escalier aussi sera gardé en permanence, et bien gardé. N'allez pas vous mettre des idées en tête !

— Vous êtes un monstre abominable ! cracha Klaus.

Le comte répondit d'un sourire radieux.

— Abominable, dit-il, c'est fort possible. Mais j'ai concocté un plan sans faille pour faire main basse sur votre héritage, et je vous défie de le déjouer. (Il se détourna du jardin, prêt à remonter dans ses appartements.) Mettez-vous ça dans un coin du crâne, les orphelins. Vous avez lu plus de livres que moi, peut-être ; n'empêche, c'est moi qui ai gagné la partie... Maintenant, donnez-moi cet ouvrage qui vous a si bien inspirés. Et filez à la cuisine, vos instructions du jour vous attendent.

Klaus soupira et rendit les armes – ou plus exactement il tendit au comte les *Lois du mariage*. Puis il prit le chemin de la cuisine, mais Violette ne le suivit pas tout de suite.

Des dernières paroles du comte, elle n'avait entendu que le ton, et c'était bien suffisant. Elle contemplait la tourelle – non pas seulement la fenêtre où sa petite sœur se berçait dans une cage, mais la maçonnerie du haut en bas.

Si Klaus s'était retourné, il aurait pu voir quelque chose qu'il n'avait pas vu depuis longtemps. Pour qui ne connaissait pas Violette, il n'y avait rien de spécial à voir. Mais quiconque la connaissait un peu aurait compris immédiatement. Ces cheveux noués d'un ruban pour dégager ses yeux étaient un signe infaillible : son cerveau d'inventrice tournait à plein régime.

Chapitre X

Cette nuit-là, ce fut Klaus qui s'agita sans trêve sur le matelas grumeleux et Violette qui veilla jusqu'à l'aube, très absorbée dans le clair de lune. Tout le jour, les deux orphelins avaient vaqué à leurs corvées sans presque échanger un mot. Klaus était trop épuisé, trop abattu pour parler, et Violette trop occupée à élaborer des plans pour songer à ouvrir la bouche.

À la tombée du jour, prenant sous le bras la paire de rideaux qui servait de berceau à sa sœur, Violette était allée

119

au bas de l'escalier où veillait, impassible, l'énorme acolyte du comte, celui qui ne semblait ni homme ni femme. Elle avait poliment demandé la permission d'aller porter des couvertures à sa sœur, pour lui tenir chaud la nuit. La montagne vivante avait tourné les yeux vers Violette et fait non de la tête, non et non.

Sans imaginer une seconde qu'une poignée de chiffons suffirait à rassurer sa petite sœur, Violette avait vaguement espéré passer un instant avec elle, le temps de la réconforter, de lui dire que tout allait s'arranger. Mais surtout elle était venue là en mission de reconnaissance. La « reconnaissance du terrain » est une opération classique pour les militaires avant la bataille – ou pour les filous avant un mauvais coup : c'est l'observation des lieux à l'avance, afin de bien préparer son affaire. Par exemple, si vous envisagez de cambrioler une banque (ce que je vous déconseille fortement), vous avez intérêt à faire un petit tour à la banque quelques jours plus tôt, afin de bien repérer les issues, les systèmes d'alarme et autres obstacles. Violette, en honnête citoyenne, n'envisageait pas de cambriolage, simplement de délivrer sa sœur, et elle avait espéré jeter un coup d'œil à l'intérieur de cette fameuse tourelle. Hélas, elle avait échoué. Et cela la tracassait fort tandis qu'elle s'affairait sans bruit, cette nuit-là, à réaliser la toute dernière de ses inventions.

Pour inventer efficacement, à vrai dire, Violette manquait de matériaux. Et elle s'était interdit de fureter à travers la maison, de peur d'éveiller les soupçons. Mais peu importait ; elle avait trouvé de quoi réaliser un engin de sauvetage à son idée.

Pour commencer, elle avait décroché la tringle à rideaux, l'avait cassée en deux (non sans peine), puis elle avait savamment tordu chacun des deux morceaux de métal (en s'écorchant joliment les mains dans la manœuvre). Après quoi, décrochant le sous-verre du portrait d'œil qui ornait le mur, elle en avait arraché le crochet pour relier entre elles les deux demi-tringles et former une espèce d'araignée crochue.

Enfin, tirant du carton les plus hideux des

vêtements achetés par Mrs Poe – ceux que ni son frère, ni elle n'auraient enfilés pour rien au monde, pas même pour sauver leur vie –, elle les avait déchirés en lanières, sans bruit. Et à présent, toujours en silence, elle s'employait à nouer bout à bout, bien solidement, ces longues lanières de tissu.

Parmi les nombreux talents de Violette figurait l'art de faire des nœuds. Elle en connaissait au moins autant qu'un vieux loup de mer en fin de carrière. Le nœud choisi pour cet ouvrage s'appelait « langue-du-diable ». Inventé en Finlande au XVe siècle par une bande de femmes pirates, il méritait bien son nom tant il était alambiqué. Et plus on tirait dessus pour le défaire, plus il se resserrait à mort.

Tout en s'activant, Violette songeait aux mots de ses parents le jour où Klaus était né, puis, de nouveau, lorsqu'ils avaient rapporté Prunille de la maternité : « Tu es l'aînée des enfants Baudelaire. En tant qu'aînée, tu dois veiller sur tes cadets. Promets-nous de garder l'œil sur eux et de toujours t'assurer qu'il ne leur arrive rien de fâcheux. » Le ton était affectueux, mais ferme, et Violette n'avait pas oublié. Songeant à Klaus, avec sa pommette mauve, et à Prunille, en cage comme un canari, elle travaillait plus vite encore. Tout était de la faute du comte Olaf, bien sûr. Pourtant Violette se sentait un peu coupable. Elle avait failli à sa promesse ; elle se jurait de se rattraper.

Pour finir, grâce aux vêtements hideux, Violette eut en main une grosse corde, longue d'environ dix mètres ou du moins l'espérait-elle. Tout au bout, en serrant au maximum, elle attacha l'araignée de métal, puis elle contempla son œuvre.

Violette venait de réinventer le grappin, cet instrument muni de crochets et parfois utilisé pour grimper au flanc des bâtiments – avec des intentions variées, pas toujours des plus honnêtes. En le lançant suffisamment haut pour planter ses crochets en haut de la tour, Violette comptait bien se hisser jusqu'à la fenêtre et redescendre par le même chemin, la cage de sa petite sœur sous le bras. La manœuvre n'était pas sans risques, surtout avec un grappin bricolé. Violette aurait grandement préféré un engin sous garantie ; mais à la guerre comme à la guerre, et le temps était compté.

Elle n'avait rien dit à Klaus pour ne pas lui donner de faux espoirs. Aussi est-ce sur la pointe des pieds, corde et grappin sous le bras, qu'elle se faufila dehors.

Au pied du mur, Violette réalisa que l'entreprise s'annonçait ardue. Pour commencer, le silence était total, si bien qu'elle allait devoir faire moins de bruit qu'une souris. De plus, il y avait un souffle de vent, et la seule idée de se balancer là-haut, pendue à un cordage fait de vêtements hideux, faillit la faire renoncer. Pour comble, la lune s'était cachée, or jamais nuit noire n'a facilité le lancer du grappin. Mais Violette serra les dents, frissonnante dans sa chemise de nuit. Tant pis. Il fallait essayer.

De sa main droite, elle lança le grappin avec force... et attendit la suite.

Clang ! Avec un joyeux tintement de casserole, l'engin heurta la tourelle ; mais il ne s'accrocha à rien et retomba dans l'herbe

avec un bruit sourd. Le cœur en marteau-
pilon, Violette se figea. D'une seconde à
l'autre allait surgir le comte ou l'un de ses
comparses. Mais rien ne vint et, au bout d'un
moment, Violette rassembla ses forces pour
un deuxième essai.

Clang-lang ! Cette fois, le grappin tinta
deux fois avant de choir au sol. Violette
attendit de nouveau, guettant des bruits de
pas, mais elle n'entendit cogner que son
cœur. Elle résolut de tenter sa chance une
fois de plus.

Clang ! Le grappin heurta la muraille mais,
au lieu de retomber dans l'herbe, il choisit
d'amortir sa chute contre l'épaule de Violette.
Violette se mordit la main pour ne pas hurler
de douleur, puis elle se palpa l'omoplate. Le
coton était déchiré, humide ; elle saignait.
Son bras lui faisait affreusement mal.

À ce stade, j'ai honte de l'avouer, mais
j'aurais capitulé, j'en suis sûr. C'est bien ce
que Violette faillit faire. Puis elle revit en
pensée sa petite sœur en boule dans sa cage.
Alors, oubliant sa souffrance, elle reprit le
grappin en main.

Cla… Le clang entendu trois fois s'étouffa sans s'achever, et Violette, scrutant la nuit, vit qu'en effet le projectile n'était pas redescendu. Elle tira un grand coup sur la corde, mais le grappin tint bon. Hourra !

Alors, empoignant la corde, Violette ferma les yeux et, les pieds contre la muraille, elle entreprit l'escalade. Sans oser rouvrir les yeux, elle se hissa peu à peu, une main devant l'autre le long de la corde, un pied devant l'autre le long du mur. À mesure qu'elle grimpait, le vent prenait de la force, et plus d'une fois elle s'arrêta, cramponnée à cette corde qui oscillait. D'un instant à l'autre, elle en était sûre, la corde allait craquer, ou le grappin lâcher, et ce serait la chute fatale.

Mais corde et grappin étaient d'excellente fabrication et soudain les doigts de Violette entrèrent en contact avec du métal. Elle rouvrit les yeux. La lune était sortie des nuages, et Violette vit Prunille dans sa cage, une Prunille aux yeux écarquillés, qui essayait de marmotter à travers son bâillon. Violette était en haut de la tourelle, face à la fenêtre étroite.

Elle s'apprêtait à décrocher la cage pour redescendre prestement lorsqu'un détail lui glaça le sang.

Elle avait sous les yeux un crochet de son grappin, mais celui-ci n'était pas planté, comme elle l'avait supposé, dans une fissure du mur ou le rebord de la fenêtre. Il était pris dans un autre crochet, un crochet au bout d'une manche. Et un troisième crochet de métal, Violette le voyait à présent, s'avançait vers elle pour la harponner, luisant d'un éclat menaçant dans le clair de lune revenu.

Chapitre XI

Que c'est gentil à toi de venir nous rejoindre ! susurra le grand diable aux crochets d'une voix doucereuse.

Une fraction de seconde, Violette pensa redescendre comme elle était venue, mais

129

l'autre fut plus vif qu'elle. D'un revers de crochet, il la hissa à l'intérieur de la tourelle et, négligeamment, envoya le grappin valser à l'autre bout de la pièce. Violette était captive à son tour.

— Bien content que tu sois là, dit-il. Tu tombes à pic : je me languissais de ton joli minois. Assieds-toi.

— Qu'allez-vous faire de moi ?

— J'ai dit : Assise !

Et il la poussa dans un fauteuil.

Violette parcourut des yeux la pièce chichement éclairée d'un chandelier. Chambre ou bureau ? C'était difficile à dire, sous le fatras qui s'empilait là. « Antre » aurait sans doute mieux convenu.

Peut-être l'avez vous remarqué, les pièces ont tendance à refléter la personnalité de leurs occupants. Dans mon antre à moi, par exemple, se côtoient divers objets qui me sont chers : un vieil accordéon poussiéreux, sur lequel je joue parfois deux ou trois airs mélancoliques ; une pile de papiers sur lesquels sont griffonnées des tonnes de notes concernant les enfants Baudelaire ; une

photo floue, prise il y a longtemps, représentant une femme du nom de Béatrice.
Ce sont mes trésors les plus précieux.

Dans le repaire du comte Olaf, au sommet
de la tourelle, s'entassaient aussi ses trésors :
des monceaux de paperasses sur lesquelles
étaient griffonnées, de son écriture en pattes
d'araignée, toutes sortes d'idées diaboliques ;
le volume des *Lois du mariage* confisqué à
Klaus ; et surtout, surtout des yeux – grands
et petits, gravés, peints, sculptés, des yeux
dans tous les coins de la pièce. Il y en avait
au plafond, il y en avait sur les plinthes, en
frise autour de la fenêtre. Il y en avait même
un, horrible, sur le bouton de la porte.

Une jonchée de bouteilles vides et de
tasses à café sales masquait quasiment le
plancher, et la lumière hésitante des bougies,
qui faisait flageoler les ombres, renforçait
l'impression de cauchemar.

Le grand diable plongea un crochet dans
la poche de son manteau râpé et en tira un
talkie-walkie. Il appuya sur un bouton et
attendit.

— Patron ? Ouais, c'est moi… Votre

fiancée rougissante vient de débarquer ici...
Oh ! un brin d'escalade. Pour essayer de
libérer la mouflette aux quenottes pointues...
Aucune idée. Avec une espèce de corde.

— C'était un grappin, l'informa Violette en
déchirant une manche de sa chemise de nuit
pour se bander l'épaule. De ma fabrication.

— Elle dit que c'était un grappin, reprit
l'homme dans son talkie-walkie. J'en sais
rien, moi, patron. Oui, patron. Oui, patron,
bien sûr. Je le sais qu'elle est à vous. Bien,
patron. (Il appuya sur le bouton pour décon-
necter l'engin et se tourna vers Violette.)
Le comte Olaf est très mécontent de sa petite
femme.

— Suis pas sa petite femme, gronda
Violette.

— Pas encore, mais ça ne tardera plus,
dit-il, agitant son crochet comme d'autres
agitent l'index. Bon. Avec tout ça, moi, maintenant, faut que j'aille chercher ton frère.
Ordre du comte. Et vous resterez tous les
trois ici jusqu'à la représentation. C'est le
seul moyen d'être sûrs que vous n'irez pas
faire de sottises.

Là-dessus, l'homme prit le grappin sous
son bras, la corde enroulée à son épaule, et,
d'un pas martial, il quitta la pièce. Violette
entendit la clé tourner dans la serrure, les
bruits de pas faiblir dans l'escalier. Alors elle
courut à la fenêtre et glissa une main dans
la cage pour caresser les cheveux de Prunille.

Elle brûlait de la délivrer, mais était-ce
bien prudent ? Mettre le comte en fureur
n'était sans doute pas indiqué.

— Je suis là, Prunille, murmura-t-elle.
Je suis là. N'aie pas peur, je suis là. Tout
va bien.

Tout va bien, c'était beaucoup dire. Tout
n'allait pas si bien que ça. Tout allait mal,
au contraire. Tout allait de mal en pis pour
les trois enfants Baudelaire.

Dans les premières lueurs de l'aube,
Violette récapitulait leurs malheurs.

Ils avaient perdu leurs parents dans un
tragique incendie. Mrs Poe leur avait acheté
une garde-robe hideuse. Ils vivaient chez le
comte Olaf qui les traitait comme des rats.
Mr Poe ne faisait rien pour leur porter
secours. Le comte mijotait de l'épouser, elle,

pour s'emparer de leur fortune. Klaus avait échoué à l'en empêcher. Prunille s'était fait capturer comme un oisillon au nid. Et, pour avoir voulu la délivrer, voilà qu'à son tour elle, Violette, se retrouvait prise au piège. En un mot comme en cent, ils allaient de catastrophe en calamité, et les choses semblaient bien parties pour empirer encore...

Un bruit de pas dans l'escalier arracha Violette à ses pensées. La porte s'ouvrit à la volée, et l'homme aux crochets poussa dans la pièce un Klaus hagard et épuisé.

— Et voilà le dernier numéro ! Maintenant, faut que j'aille donner un coup de main à Olaf pour la représentation de ce soir – deux ou trois bricoles encore à préparer. Et pas d'embrouilles, hein, vous deux ? Sinon, vous aussi, je vous ficelle et je vous suspends à la fenêtre.

Puis, sur un dernier éclair de crochet et un double tour de clé, il redescendit à grand bruit.

Klaus cligna des yeux sur la pièce immonde. Il était encore en pyjama.

— J'y comprends plus rien, dit-il à sa sœur. Qu'est-ce que tu fais là ?

134

— Bof, j'ai essayé de libérer Prunille.
En escaladant la tour avec une invention à
moi.

Klaus alla jeter un coup d'œil à la fenêtre.

— C'est drôlement haut, dis donc. Tu
devais avoir les jambes en coton.

— Un peu, oui. Mais moins qu'à l'idée
d'épouser Face-de-rat.

— Dommage que ton invention n'ait pas
marché, dit Klaus tout triste.

— Elle a marché ! protesta Violette,
massant son épaule endolorie. Elle a très
bien marché, mais je me suis fait pincer. Et
maintenant, c'est cuit. Le bonhomme aux
crochets va nous tenir sous clé jusqu'à ce
soir et, ce soir, c'est *Le Mariage merveilleux*.

— Tu pourrais peut-être inventer quelque
chose ? suggéra Klaus, furetant des yeux à
travers la pièce. Un truc pour nous évader ?

— Hmm, fit Violette. On va essayer.
Et toi, pendant ce temps-là, si tu fouinais
dans ces papiers ? Qui sait ? Il y a peut-être
une information précieuse ?

Des heures durant, Violette et Klaus
fouillèrent, farfouillèrent, trifouillèrent,

en quête d'ils ne savaient trop quoi. Violette cherchait l'inspiration, et des objets à partir desquels inventer. Klaus épluchait les papiers du comte. Toutes les cinq minutes, l'un d'eux allait à la fenêtre pour parler à Prunille, la caresser, la rassurer. De loin en loin, ils échangeaient un mot, mais le reste du temps chacun restait muré dans ses pensées.

— Si seulement on avait du pétrole ! soupira Violette vers midi. Avec toutes ces bouteilles vides, on fabriquerait des cocktails Molotov.

— C'est quoi, des cocktails Molotov ? demanda Klaus.

— Des sortes de petites bombes en bouteille. On pourrait les jeter par la fenêtre pour attirer l'attention des passants.

— Sauf qu'on n'a pas de pétrole, commenta Klaus, lugubre.

Ils n'ouvrirent plus la bouche plusieurs heures durant.

— Si seulement on pouvait accuser le comte Olaf de polygamie, soupira Klaus soudain.

— C'est quoi, la polygamie ?

— C'est quand on est marié à plusieurs personnes à la fois. Dans ce pays, la polygamie est interdite. Si quelqu'un de déjà marié contracte un nouveau mariage, ce nouveau mariage est nul. Même s'il a lieu en présence d'un juge, même si les mariés ont dit oui et signé le registre de leur propre main. C'est écrit là, dans *Lois du mariage.*

— Mais le comte n'est pas déjà marié, dit Violette d'un ton morne.

— Apparemment pas.

De nouveau ils firent silence plusieurs heures durant.

— Ces bouteilles vides, dit soudain Violette, on pourrait s'en servir de massues. Seulement, on n'est que deux. Le comte et sa clique, c'est trop.

— Ou alors, ce que tu pourrais faire, c'est répondre « Non » au moment de dire « Oui », suggéra Klaus. Oui, mais non : Olaf-face-de-rat serait bien capable de lâcher Prunille du haut de la tour.

— Tout à fait capable, dit une voix dans leur dos. Et c'est exactement ce que je ferais.

Ils se retournèrent, horrifiés. Le comte

Olaf ! Tout à leur dialogue, ils ne l'avaient pas entendu arriver. Il était en costume chic, et son sourcil unique, gominé, brillait autant que ses yeux. Derrière lui, le diable aux crochets souriait de toutes ses dents jaunes.

— Allez, les orphelins, dit le comte. C'est l'heure, suivez-moi ! Mon homme de main ici présent va monter la garde dans cette pièce, et nous serons en contact permanent par talkie-walkie, lui et moi. Le moindre incident durant la pièce, et votre sœur s'envole comme un petit oiseau. Allez, en route.

Violette et Klaus ne soufflèrent mot. Très vite, ils firent leurs adieux à Prunille dans sa cage, puis ils suivirent le comte en silence. De marche en marche, dans l'escalier en spirale, Klaus sentait son cœur s'alourdir. Les jeux étaient faits, la partie perdue.

Derrière lui, Violette n'en menait pas plus large – jusqu'au moment où, se tordant la cheville, elle dut se rattraper à la rampe. Une seconde, ses yeux se posèrent sur sa main droite, agrippée à la rampe de bois. Une idée lui traversa l'esprit, une idée qu'elle capta au passage. De marche en marche, puis dans

la rue, tout le long du court trajet qui sépa-
rait la maison du théâtre, Violette réfléchit
à plein régime. Elle réfléchit avec plus d'ardeur que jamais, depuis le premier jour de
sa jeune vie.

Chapitre XII

Plantés dans les coulisses du théâtre, en pyjama et en chemise de nuit, Klaus et Violette Baudelaire attendaient la suite de l'histoire.

Ils ne savaient plus où ils en étaient, ni même ce qu'ils éprouvaient. D'un côté, l'appréhension les taraudait, bien sûr. À en croire le bruit de voix qui leur parvenait depuis la scène, la représentation était commencée. Le *Mariage merveilleux* suivait son cours, et il semblait trop tard pour contrecarrer l'odieuse machination du comte. D'un autre côté, pourtant, ils étaient fascinés. Le théâtre, ils connaissaient, mais pas l'envers du décor. Et il y avait tant à voir !

Les membres de la troupe s'agitaient en tous sens, trop affairés pour se soucier d'eux. Trois petits hommes courts sur pattes transportaient un décor peint, un immense panneau représentant une salle de séjour. Un monsieur à l'air important, au nez bourgeonnant de verrues, manipulait d'énormes projecteurs.

Du poste d'observation des enfants, on avait vue sur une partie de la scène. En allongeant le cou, ils eurent le temps d'apercevoir le comte Olaf dans son beau costume, en train de déclamer une tirade. L'instant d'après, le rideau tombait, manœuvré par une femme coiffée en brosse, tirant sur une longue corde reliée à une poulie. Malgré leur

terreur, Violette et Klaus étaient fascinés ;
ils auraient seulement mieux aimé avoir un
rôle dans une autre pièce.

Le rideau tombé, le comte Olaf regagna
les coulisses à grands pas. Il contempla les
enfants de la tête aux pieds, se tourna vers
les dames au visage poudré de blanc et
vociféra :

— C'est la fin de l'acte deux ! Pourquoi
ces orphelins ne sont-ils pas en costume ?

Puis une vague d'applaudissements
déferla depuis la salle. La fureur du comte
se mua en extase et il regagna la scène pour
aller se planter au milieu. D'un geste impa-
tient, il fit signe à la machiniste de relever
le rideau et, tandis que le velours rouge
montait, il se confondit en gracieuses cour-
bettes vers le public. Il salua de la main,
envoya des baisers, fit une dernière révé-
rence tandis que le rideau s'abaissait dere-
chef, puis il regagna les coulisses, à nouveau
grimaçant de colère.

— Pressons, bon sang ! Dix minutes d'en-
tracte, pas plus, et ces enfants entrent en scène.
Habillez-les, et que ça saute !

Sans un mot, les dames enfarinées saisirent les enfants par les poignets et les entraînèrent dans une loge. La pièce n'était point trop propre et pourtant elle scintillait, ses quatre murs tapissés de miroirs cernés de petites lumières. Devant ces miroirs, des acteurs étaient occupés à se maquiller, à se coiffer d'une perruque, à rectifier leur costume. Les rires et les éclats de voix fusaient d'un bout à l'autre de la loge. La dame la plus enfarinée leva les bras de Violette d'un coup sec et, en un tournemain, la dépiauta de sa chemise de nuit pour lui enfiler une robe de dentelle blanche, toute raide et empestant le renfermé. Dans le même temps, Klaus se faisait dépouiller de son pyjama par l'autre dame, puis empaqueter en hâte dans un costume marin digne d'un gamin de quatre ans et qui grattait horriblement.

— Quelle excitation, n'est-ce pas ? dit une voix douce.

Les enfants se retournèrent et reconnurent la juge Abbott, imposante dans sa robe de juge et sous sa perruque poudrée.

Elle serrait contre elle un petit livre.

— Vous êtes superbes, tous deux ! dit-elle.

— Vous aussi, répondit Klaus. C'est quoi, ce livre ?

— Ça ? C'est mon texte ! Le comte Olaf m'a demandé d'apporter un vrai Code civil, et de faire la lecture des textes officiels comme pour une vraie cérémonie de mariage. Il tient à ce que la pièce rende un son authentique. Toi, Violette, tu as bien de la chance ! Il te suffira de dire « Oui ». Moi, j'ai tout un laïus à prononcer. J'ai un trac fou, mais oh ! que c'est donc drôle !

— Vous savez ce qui serait encore plus drôle ? hasarda Violette. Ce serait de changer le texte un peu. Juste un peu.

Klaus s'illumina.

— Oh oui, ce serait bien ! Soyez créative ! Pourquoi s'en tenir strictement à une célébration banale ? Ce n'est pas comme s'il s'agissait d'un *vrai* mariage.

La juge Abbott fit la moue.

— Pas sûr que l'idée soit bonne, dit-elle. Il vaut mieux suivre les instructions du comte Olaf, je pense. Après tout, c'est lui qui dirige la pièce.

— Juge Abbott ! appela une voix. Juge Abbott ! La maquilleuse vous attend !

— Dieu du ciel ! Je vais me faire maquiller ! murmura la juge en extase. (À croire qu'elle allait se faire couronner reine plutôt que simplement poudrer le nez.) Les enfants, je vous laisse. À tout à l'heure, sur scène !

Et elle s'en fut, légère, laissant les enfants Baudelaire aux mains de leurs costumières. L'une des dames enfarinées coiffa Violette d'un diadème de fleurs, et brusquement Violette mesura toute l'horreur de la chose : on l'avait costumée en mariée ! L'autre dame enfarinée coiffa Klaus d'un béret de marin, et celui-ci observant son reflet, fut choqué de se voir si laid.

Son regard croisa celui de Violette, qui regardait aussi dans le miroir.

— Bon, maintenant, qu'est-ce qu'on fait ? souffla-t-il. Si on faisait semblant de se trouver mal ? Peut-être qu'ils seraient obligés de tout annuler ?

— Le comte Olaf se douterait qu'on joue la comédie, murmura Violette d'un air sombre.

— *Mariage merveilleux*, acte trois ! lança un homme avec un classeur à pinces. Tout le monde en place pour l'acte trois, s'il vous plaît !

Les acteurs se ruèrent vers la scène, les dames enfarinées entraînèrent les enfants par la main. Les coulisses entières s'enfiévrèrent. Acteurs, accessoiristes, costumières, machinistes, tous s'affairaient à des détails de dernière minute. Le chauve au long nez, qui fonçait au pas de charge, stoppa brusquement devant les enfants, le temps de contempler Violette en mariée avec un sourire goguenard. Puis il gloussa, l'index en l'air :

— Et faites pas les malins, hein, vous deux ! Une fois sur scène – c'est compris ? – vous faites tout comme on vous a dit. Parce que, sans ça, Olaf aura vite fait de décrocher son talkie-walkie, et d'envoyer un gentil message pour votre Prunille, là-haut dans la tour.

— Mouais, marmonna Klaus amer.

Il se retint d'ajouter : « On va finir par le savoir. »

— Alors, vous faites exactement comme on vous a dit, répéta le long nez.

— Oh ! ils n'y manqueront pas, j'en suis sûr, dit aimablement une voix derrière eux.

Et les enfants, se retournant, virent Mr Poe et sa femme, tous deux sur leur trente et un.

— Bonsoir, les enfants, reprit Mr Poe. Nous sommes venus vous dire un petit bonjour, Polly et moi. Et vous souhaiter de vous casser une jambe.

— De nous quoi ? s'alarma Klaus.

— C'est une expression de théâtre, expliqua Mr Poe. Une façon de souhaiter bonne chance sans le dire, de peur de porter malheur. En tout cas, je me réjouis de vous voir si bien adaptés à votre nouvelle vie. Faire du théâtre en famille ! Avec votre nouveau père ! Quoi de plus charmant ?

— Euh, Mr Poe, dit Klaus très vite. Nous voudrions vous dire quelque chose, Violette et moi. C'est très important.

— Et quoi donc ? demanda Mr Poe.

— Oui, quoi donc ? fit le comte Olaf en écho. Qu'avez-vous à dire à ce bon Mr Poe, mes enfants ?

Il venait de surgir brusquement et toisait les enfants d'un regard qui en disait long. Dans sa manchette luisait le boîtier de son talkie-walkie.

— Oh, simplement un grand merci pour tout ce que vous avez fait, Mr Poe, répondit Klaus d'un filet de voix. C'est tout ce que nous voulions vous dire.

— C'est bien, c'est bien, dit Mr Poe en lui tapotant l'épaule. Et maintenant, nous ferions mieux de retourner à nos places, Polly et moi. Cassez-vous une jambe, enfants Baudelaire !

— Si seulement ça nous arrivait *en vrai* ! chuchota Klaus à Violette.

— Oh ! vous ne perdez rien pour attendre, glapit le comte derrière eux, en les poussant sur scène.

Là, les acteurs s'agitaient encore, occupés à prendre place pour l'acte trois. Dans un angle, le nez dans son Code, la juge Abbott révisait son texte une dernière fois. Klaus parcourut des yeux le groupe d'acteurs, cherchant éperdument du secours. Mais le chauve au long nez le saisit par l'épaule et l'entraîna de côté.

— Toi, par ici, mon gaillard. C'est *ici* que nous nous tenons, toi et moi. Pendant l'intégralité de la scène. Autrement dit, d'un bout à l'autre.

— Je le sais, ce « qu'intrégalité » veut dire.

— Et pas de blagues, hein ? prévint le chauve entre ses dents.

Klaus regarda sa sœur prendre place aux côtés du comte tandis que le rideau se levait. Il entendit crépiter les applaudissements. L'acte trois du *Mariage merveilleux* commençait.

Il serait fastidieux de décrire par le menu l'action de cet acte trois. La pièce d'Alfred Tourtebuse est tout simplement insipide – autrement dit, « sans la moindre saveur » – et n'a, de plus, aucune incidence sur la suite de notre récit. Divers acteurs et actrices prononçaient diverses répliques tout aussi plates que soporifiques – autrement dit, « à dormir debout » – , et se déplaçaient sur scène sans qu'on sache très bien pourquoi. Klaus essayait de croiser leurs regards pour un muet appel à l'aide.

Plus le temps passait, plus il était clair que le comte Olaf n'avait choisi la pièce que pour servir ses noirs desseins, et non pour enchanter son public. D'ailleurs, ledit public commençait à se trémousser, comme si son attention se relâchait. Klaus alors se tourna vers la salle. Peut-être quelqu'un allait-il se douter de quelque chose ?

Mais les projecteurs faisaient de la salle un trou noir et Klaus, au lieu de voir des visages, ne distinguait que de vagues silhouettes en rangs d'oignons. Le comte Olaf enfilait tirade sur tirade, le tout assaisonné de savantes gesticulations. Nul ne semblait remarquer que ce marié volubile avait un talkie-walkie dans sa manchette.

Enfin, la juge Abbott prit la parole. Ou plutôt, elle lut son texte – car elle le lisait, c'était clair, directement dans son livre. Le trac de ce premier rôle lui mettait le rose aux joues, et elle était bien trop en extase pour soupçonner une seconde les viles intentions du comte.

Et elle parlait à n'en plus finir des obligations entre époux, et du meilleur, et du pire, et de tout ce que sont censés entendre (sans toujours écouter vraiment) ceux qui ont décidé, pour une raison quelconque, de contracter mariage.

Pour finir, levant le nez de son Code, la juge se tourna vers le comte et demanda :

— Comte Olaf, prenez-vous pour épouse Violette Baudelaire, ici présente ?

— Oui, clama le comte haut et clair, avec son sourire crocodilien.

Klaus vit son aînée frissonner de la tête aux pieds.

Puis la juge se tourna vers elle.

— Violette Baudelaire, prends-tu pour époux le comte Olaf, ici présent ?

— Oui, fit Violette d'une voix minuscule.

Klaus serra les poings. Elle avait dit « Oui » en présence d'un juge. Une fois l'acte signé, le mariage serait valide au regard de la loi. Et déjà la juge Abbott prenait le fameux document des mains d'un assistant et le plaçait devant Violette.

— Toi, glissa le chauve à Klaus, je te

déconseille vivement de remuer d'un pouce.

Alors Klaus songea à Prunille, blottie dans sa cage en haut de la tourelle, et il se tint coi en regardant Violette saisir une longue plume d'oie que lui tendait le comte Olaf. Les yeux de Violette se firent immenses lorsqu'elle se pencha sur la page. Son visage devint très pâle et sa main gauche trembla comme une feuille tandis qu'elle griffonnait son nom.

Chapitre XIII

Le comte s'avança vers l'avant de la scène.
— Et maintenant, mesdames et messieurs, j'ai une annonce à vous faire. Il n'y a plus aucune raison de poursuivre la représentation, car elle a rempli son but. Ceci n'était pas une scène de fiction. Mon mariage avec Violette Baudelaire est tout ce qu'il y a de plus authentique, et me voici légalement à la tête de sa fortune.

Le public en eut le souffle coupé. Plusieurs acteurs échangèrent des regards stupéfaits. Manifestement, dans la troupe, tout le monde n'était pas au courant des manigances du comte Olaf.

— Mais c'est impossible ! s'écria la juge Abbott, l'instant de choc passé.

— Madame, lui rappela le comte Olaf, les règles de la célébration du mariage sont fort claires dans ce pays. Il faut et il suffit que la mariée dise « Oui » en présence d'un juge – tel que vous-même – et qu'elle signe un document adéquat – tel que celui-ci. Quant à vous tous, conclut le comte avec un geste large en direction de la salle, vous en êtes les témoins.

— Mais Violette n'est qu'une enfant ! objecta un acteur. Elle n'est pas en âge de se marier.

— Elle l'est, avec l'autorisation expresse de son tuteur légal, rappela le comte. Or il se trouve que, précisément, avant d'être son mari, je suis son tuteur légal.

— Mais ce bout de papier n'est pas un document officiel ! protesta la juge Abbott. Ce n'est qu'un décor de théâtre.

Le comte prit le papier des mains de Violette pour le tendre à la juge.

— Regardez-y de près et voyez vous-même. Ce document est à l'en-tête de notre mairie.

La juge fronça les sourcils sur le document et l'examina. Puis elle ferma les yeux, poussa un long soupir et son front se plissa. Elle réfléchissait. Klaus se demanda si elle avait cette expression lorsqu'elle siégeait à la Haute Cour.

— Vous avez raison, dit-elle au comte pour finir. Hélas, ce mariage est parfaitement valide. Violette a dit oui, elle a signé ce papier. Comte Olaf, vous êtes l'époux de Violette, et donc entièrement maître de ses biens.

— Impossible ! lança une voix dans la salle, et Klaus reconnut celle de Mr Poe.

Oubliant de tousser, le banquier gravit d'un bond les marches qui menaient sur scène et arracha le document des mains de la juge Abbott.

— Impossible. C'est de la folie pure !

— J'ai bien peur que cette folie pure soit la loi, dit la juge, la voix mouillée de larmes. Mais comment ai-je pu me laisser berner aussi facilement ? Moi qui voulais tant le bien de ces enfants !

— Pour vous laisser berner, vous vous

êtes laissé berner ! exulta le comte. Rouler dans la farine, eh oui ! Maintenant, vous m'excuserez, au revoir la compagnie ! Nous partons en voyage de noces, ma jeune femme et moi.

— Mais d'abord vous libérez Prunille ! éclata Klaus. Vous aviez promis de la libérer !

— Euh... Où donc est Prunille ? s'enquit Mr Poe.

— Ce cher petit ange arrive à tire-d'aile, répondit le comte. Si je peux me permettre la plaisanterie.

Les yeux brillants, il pressa un bouton de son talkie-walkie et attendit le grésillement de son correspondant.

— Allô ? Oui, bien sûr que c'est moi, abruti ! Bon, tout s'est très bien passé. Sois gentil, sors l'oiseau de sa cage et amène-le ici. Oui, au théâtre. Directement. (Le comte décocha à Klaus un regard mauvais.) Alors, satisfait maintenant ?

— Rmm, fit Klaus.

Il n'était pas satisfait du tout, mais au moins sa petite sœur était sauve.

— Ne va pas te croire sorti de l'auberge, lui chuchota le chauve à l'oreille. Olaf s'occupera de vous plus tard. Tu penses bien, il ne peut rien faire devant tous ces gens !

Ce qu'il entendait par « s'occuper de vous » se passait d'explications.

— Satisfait ? éclata Mr Poe. Moi, je ne le suis pas du tout ! Cette histoire est horrifique. Monstrueuse. Épouvantable. Et financièrement insoutenable.

— Je crains cependant, cher monsieur, dit le comte, qu'elle ne soit tout ce qu'il y a de plus légal. Dès demain, Mr Poe, je passerai à la banque retirer en liquide la totalité de la fortune Baudelaire.

Mr Poe ouvrit la bouche comme pour une déclaration, mais se mit à tousser à la place. Durant près d'une minute, il toussa dans son mouchoir. Tout le monde attendait la suite.

— Je ne laisserai pas faire, finit par haleter Mr Poe, se tamponnant la bouche. Moi vivant, ce cataclysme n'aura pas lieu.

— Je crains fort que vous ne deviez vous incliner, répliqua le comte Olaf.

— Je... Olaf a raison, j'en ai peur, balbutia la juge Abbott, des sanglots dans la voix. Ce mariage est valide au regard de la loi.

— Je vous demande pardon, intervint soudain Violette, mais je n'en suis pas si sûre.

Tous les regards se tournèrent vers l'aînée des Baudelaire.

— Que dites-vous, comtesse ? s'enquit le comte Olaf.

— Je ne suis *pas* votre comtesse ! rétorqua Violette d'un ton irrité. Du moins, je *ne crois pas* l'être.

— Ah ah ! et pourquoi ? gronda le comte.

— Je n'ai pas signé le document de ma main, comme la loi l'exige.

— Et comment donc ? Nous t'avons tous vue faire ! se récria le comte, et son sourcil prit de l'altitude de façon inquiétante.

— Je crains fort que ton mari n'ait raison, chère petite, dit la juge Abbott navrée. Il ne sert à rien de le nier. Il y a beaucoup trop de témoins.

— Sauf que je suis droitière, dit Violette. Et que j'ai signé de ma main gauche.

— *Quoi* ? glapit le comte Olaf.

Il arracha le papier des mains de la juge pour l'examiner. Ses yeux brillaient comme des escarboucles. Il se tourna vers Violette et siffla :

— Tu mens !

— Non, c'est la vérité, dit Klaus. Je l'ai regardée signer, et j'ai même remarqué que sa main gauche tremblait terriblement.

— C'est impossible à prouver, dit le comte.

— Si vous voulez, répliqua Violette, je suis prête à signer mon nom sur une feuille de papier, une fois de la main droite et une fois de la main gauche. On verra bien à laquelle des deux signatures ressemble le plus celle du document.

— Main droite ou main gauche, c'est un détail, décida le comte. Un détail qui ne change rien à l'affaire.

Mr Poe intervint :

— Si vous permettez, monsieur le comte, c'est à la juge Abbott d'en décider.

Tous les regards se tournèrent vers la juge, qui assécha ses larmes d'un revers de main.

— Voyons, murmura-t-elle. Laissez-moi réfléchir.

Et elle referma les yeux avec un profond soupir.

Alors les orphelins Baudelaire, et tous ceux qui les aimaient bien, retinrent leur souffle tandis que la juge, en silence, examinait la situation.

Pour finir, elle eut un sourire, rouvrit les yeux et déclara en pesant ses mots :

— Si Violette Baudelaire est bel et bien droitière, et si elle a signé ce document de la main gauche, alors il s'ensuit que cet acte de mariage n'est pas conforme à la loi. En effet, la loi stipule que le document doit être signé par la mariée *de sa propre main*. Il s'agit nécessairement de la main qui écrit d'ordinaire, sans quoi la loi aurait précisé *de l'une* de ses propres mains. Par conséquent, nous pouvons conclure que ce mariage n'est pas valide. Violette, tu n'es *pas* comtesse. Comte Olaf, vous n'êtes *pas* à la tête de la fortune Baudelaire.

— Hourra ! cria une voix dans l'assistance, et des applaudissements éclatèrent.

Bien sûr, on peut trouver bizarre cette histoire de main droite ou main gauche, et

l'idée que ce simple détail suffise à l'annula-
tion d'un mariage. Mais la loi est chose
étrange. Par exemple, dans certain pays
d'Europe, la loi oblige tous les boulangers à
vendre le pain au même prix. Dans certaine
île, une loi interdit à quiconque d'exporter des
fruits. Gageons que quelque part il existe une
loi sur la longueur des moustaches de chat.
Si Violette avait signé l'acte de mariage de
sa main droite, la loi aurait fait d'elle une
pauvre petite comtesse ; mais comme elle avait
signé de sa main gauche, elle demeurait, à son
soulagement, une pauvre petite orpheline.

Ce qui était pour elle un heureux retour-
nement était pour le comte, bien sûr, une
nouvelle de fort mauvais goût. Pourtant il
sourit à la ronde, mais c'était d'un sourire
maléfique.

— En ce cas, dit-il à Violette, tu vas
m'épouser de nouveau. Et pour de bon, cette
fois, ou sinon...

Là-dessus, il pressa une touche de son
talkie-walkie.

— Nipo ! claironna la voix flûtée de
Prunille.

Et, sur ses jambes branlantes, la toute-petite trottina sur scène, droit vers son frère et sa sœur. Derrière elle venait le diable aux crochets, son talkie-walkie crachouillant. Le contre-ordre du comte arrivait trop tard.

— Prunille ! cria Klaus, la gorge nouée.

Et il la prit dans ses bras. Violette se précipita à son tour, et tous deux cajolèrent la petite. Puis Violette lança un appel :

— Est-ce que quelqu'un pourrait lui donner un petit quelque chose à manger, s'il vous plaît ? Après tout ce temps dans une cage à la fenêtre de la tour, elle doit mourir de faim, la pauvre.

— Gatô ! cria Prunille avec force.

— Argh ! rugit le comte Olaf.

Et il se mit à arpenter la scène comme un fauve, ne s'immobilisant que pour pointer sur Violette un index vengeur :

— Tu n'es peut-être pas ma femme, mais tu es toujours ma fille, et je t'ord...

— Monsieur le comte ! coupa Mr Poe. Vous imaginez-vous une seconde que vous êtes encore tuteur de ces enfants, après les agissements dont nous venons d'être témoins ?

— Ces orphelins m'ont été confiés, rétorqua le comte Olaf. Ils resteront avec moi. Il n'y a rien d'illégal à vouloir épouser quelqu'un.

— Mais il est hautement illégal de suspendre un bébé en cage en haut d'une tourelle ! s'écria la juge hors d'elle. Comte Olaf, la prison vous attend, et ces trois enfants viendront vivre avec moi.

— Qu'on l'arrête ! lança une voix dans la salle, et d'autres lui firent écho.

— En prison ! En prison !

— C'est un monstre !

— Remboursez ! Ce spectacle est une escroquerie.

Mr Poe saisit le comte Olaf par un bras et, après une brève quinte de toux, annonça :

— Au nom de la loi, je vous arrête.

Pendant ce temps, Violette tremblait de joie :

— Oh ! Madame la juge Abbott, c'est vrai ? C'est vrai, ce que vous avez dit ? Nous allons venir vivre avec vous ?

— Mais bien sûr que c'est vrai, dit la juge. Je vous aime beaucoup, tous les trois. Je veux veiller sur vous.

— Et on pourra aller dans votre bibliothèque tous les jours ? demanda Klaus.

— On pourra vous aider à jardiner ? demanda Violette.

— Gatô ! répéta Prunille, et tout le monde éclata de rire.

À ce point de mon récit, je crois devoir, une dernière fois, mettre le lecteur en garde. Comme je l'annonçais au début, l'histoire que voici n'est pas de celles qui finissent bien. Je reconnais qu'à ce stade on s'attendrait à une heureuse fin. Le comte Olaf paraît bien parti pour aller tout droit en prison, et les trois enfants Baudelaire semblent près du bonheur parfait dans la jolie maison de la juge Abbott. Hélas, il n'en est absolument rien. Si vous le souhaitez, il est encore temps de refermer ce livre et de ne pas lire la triste fin qui suit. Si vous le souhaitez, rien ne vous interdit de passer le restant de vos jours à imaginer que les enfants Baudelaire triomphèrent du comte Olaf et qu'ils vécurent heureux auprès de la juge Abbott et de sa fabuleuse bibliothèque...

Hélas, il en alla autrement. Car, tandis

que tout le monde riait d'entendre Prunille crier « Gatô ! », l'affreux bonhomme au nez boursouflé se faufilait vers le panneau de commandes d'éclairage.

Vif comme l'éclair, il abattit la manette principale. D'un bout à l'autre du théâtre – sur scène, en coulisses, dans la salle –, tout le monde se retrouva dans le noir. Ce fut la confusion générale. On fonçait en tous sens, on s'appelait, on jurait. Des acteurs trébuchaient contre des spectateurs, des spectateurs trébuchaient contre des accessoires de décor. Mr Poe empoigna sa femme en la prenant pour le comte Olaf. Klaus empoigna Prunille et la serra contre lui, aussi haut qu'il pouvait pour lui éviter de se faire écraser.

Quant à Violette, elle conserva son sang-froid. En un éclair, elle comprit ce qui s'était passé. Ce panneau de commandes, elle l'avait observé avec soin pendant l'essentiel de la pièce, parce qu'il l'intéressait vivement. Elle avait même pris des notes dans sa tête, en vue d'une invention future. Si elle retrouvait ce panneau, elle était sûre de pouvoir relever la bonne manette.

Bras en avant, à tâtons, elle avança vers les coulisses, contournant un tabouret par-ci, un acteur pétrifié par-là. Dans l'obscurité, sa robe blanche faisait d'elle un fantôme flottant à travers la scène. Mais, comme elle tendait le bras vers le panneau, elle sentit des doigts crochus se refermer sur son épaule. Une voix lui siffla à l'oreille :

— Je mettrai la main sur ta fortune, ma fille, même si c'est la dernière chose que je dois faire. Et, quand je la tiendrai, je me débarrasserai de vous trois. Je le ferai de mes propres mains.

Violette laissa échapper un petit cri de terreur, mais elle releva la manette. Le théâtre entier s'illumina. Chacun cligna des yeux et regarda autour de lui. Mr Poe lâcha sa femme. Klaus posa Prunille à terre. Derrière Violette, il n'y avait plus personne. Le comte Olaf avait disparu.

— Où est-il passé ? rugit Mr Poe. Où sont-ils passés, tous ?

Les enfants Baudelaire regardèrent autour d'eux. Non seulement le comte n'était plus nulle part en vue, mais tous ses complices

s'étaient volatilisés – l'homme au nez bourgeonnant, le grand diable aux crochets, la
montagne vivante qui ne semblait ni homme
ni femme, les deux dames enfarinées...

— Ils ont dû sortir en vitesse pendant
qu'on n'y voyait rien, dit Klaus.

Mr Poe se précipita dans la rue, suivi de
la juge et des enfants. Là-bas, non loin du
carrefour, une automobile noire s'éloignait
dans la nuit. Une longue auto qui contenait
peut-être, ou peut-être pas, le comte Olaf et
sa clique. De toute manière, l'auto tourna
au coin de la rue et disparut dans la ville
endormie. Muets, les enfants la regardèrent
partir.

— Damnation ! pesta Mr Poe. Ils ont filé.
Mais ne vous en faites pas, nous les aurons !
J'appelle la police immédiatement.

Violette, Klaus et Prunille ne dirent rien.
C'était loin d'être aussi simple, ils s'en
doutaient bien. Le comte Olaf saurait se faire
invisible jusqu'à son prochain coup fourré.
Il était trop malin pour se laisser arrêter par
des gens comme Mr Poe.

— Eh bien ! en attendant, rentrons chez

moi, les enfants, dit gaiement la juge Abbott. Nous réfléchirons à tout cela demain matin, après un bon petit déjeuner.

Mr Poe toussa un coup.

— Euh, attendez... commença-t-il, baissant le nez. Je suis absolument désolé, chers enfants, mais je ne peux en aucun cas vous confier à quelqu'un qui n'est pas de votre famille.

— Quoi ? s'indigna Violette. Après tout ce que la juge Abbott a fait pour nous ?

— Sans elle et sans sa bibliothèque, dit Klaus, jamais nous n'aurions deviné ce que mijotait le comte Olaf ! Sans la juge Abbott, nous ne serions même plus en vie.

— C'est fort possible, admit Mr Poe, et je la remercie vivement pour sa grande générosité. Mais le testament de vos parents est formel : vous ne pouvez être adoptés que par un membre de votre famille. Ce soir, je vous reprends chez moi et demain, à la banque, je réfléchirai à une nouvelle solution. J'en suis navré, mais c'est ainsi.

Les enfants se tournèrent vers la juge, qui poussa un immense soupir et les serra contre elle, l'un après l'autre.

170

— Mr Poe a raison, dit-elle d'une voix triste. Nous devons respecter la volonté de vos parents. Vous êtes bien d'accord, n'est-ce pas ?

Violette, Klaus et Prunille songèrent à leurs parents. Si seulement cet affreux incendie avait pu n'être qu'un mauvais rêve ! Jamais, jamais de leur vie ils ne s'étaient sentis aussi seuls. Ils auraient donné cher pour aller vivre avec la gentille juge Abbott, mais c'était impossible, bien sûr.

— Oui, vous avez raison, je crois, murmura enfin Violette. Mais vous allez nous manquer terriblement.

— Vous allez me manquer aussi, dit la juge, et une fois de plus ses yeux s'humectèrent.

Puis chacun des orphelins l'embrassa une dernière fois, et tous trois suivirent Mr et Mrs Poe jusqu'à leur auto. Ils s'entassèrent sur la banquette et, par la lunette arrière, ils regardèrent rapetisser la silhouette menue qui agitait le bras.

Devant eux s'étendaient les rues sombres, la ville obscure où le comte Olaf s'était enfui pour mijoter d'autres noirs projets. Derrière eux disparaissait la gentille juge Abbott, la seule personne depuis longtemps à leur avoir témoigné de la tendresse. Pour eux, il était clair que Mr Poe et la loi avaient fait le mauvais choix en les enlevant à une brave femme pour les confier aux mains de quelque parent inconnu. Blottis les uns contre les autres dans la nuit froide, ils continuèrent d'agiter le bras jusqu'à ce que la silhouette ne fût plus qu'un grain de poussière.

Et la voiture poursuivit sa route, emmenant les trois orphelins dans ce qui était manifestement une direction aberrante – « aberrant » signifiant ici « qui se fourvoie complètement », mais aussi, par-dessus le marché, « dont il ne sortira rien de bon ».

❧

LEMONY SNICKET est né aux États-Unis, dans une petite ville aux habitants soupçonneux et quelque peu portés sur l'émeute. Il habite aujourd'hui une grande ville. À ses moments perdus, il recueille des témoignages, au point d'être tenu pour un expert en la matière par des autorités compétentes.

Les ouvrages que voici sont les premiers qu'il publie chez HarperCollins.

Rendez-lui visite sur Internet à http://www.harperchildrens.com/lsnicket/
E-mail : lsnicket@harpercollins.com

BRETT HELQUIST est né à Gonado, Arizona, il a grandi à Orem, Utah, et vit aujourd'hui à New York. Il a étudié les beaux-arts à l'université Brigham Young et, depuis, n'a plus cessé d'illustrer. Ses travaux ont paru dans quantité de publications, dont le magazine *Cricket* et le *New York Times*.

ROSE-MARIE VASSALLO a grandi (pas beaucoup) dans les arbres et dans les livres, souvent les deux à la fois. Descendue des arbres – il faut bien devenir adulte ! a choisi d'écrire et de traduire des livres, surtout des livres pour enfants – il faut bien rester enfant ! Signe particulier : grimpe encore aux arbres, mais les choisit désormais à branches basses.

À mon éditeur attentionné

Bien cher éditeur,

Je vous écris de Londres, depuis les locaux de la Société d'herpétologie, où j'enquête sur le sort de la collection de reptiles du professeur Montgomery Montgomery, à la suite des événements tragiques survenus durant le séjour des enfants Baudelaire sous son toit.

Mardi prochain, à onze heures du soir précises, l'un de mes associés déposera un coffret étanche dans la cabine téléphonique de l'hôtel Elektra. Veuillez passer le récupérer au plus tôt et avant minuit, afin qu'il ne risque pas de tomber en de mauvaises mains.

Dans ce coffret, vous trouverez le récit détaillé des terribles événements susdits, intitulé LE LABORA-TOIRE AUX SERPENTS, ainsi que les documents suivants : un plan de la route des Pouillasses (entre Port-Brumaille et Morfonds), une copie du film *L'Abominable Zombie des neiges*, et la recette du gâteau à la noix de coco du professeur Montgomery. J'ai pu également me procurer, non sans peine, l'un des rares clichés montrant le Dr Flocamot, afin que l'illustrateur puisse travailler sur documents.

N'oubliez pas, vous êtes mon seul espoir : sans vous, jamais le public n'aurait connaissance des aventures et mésaventures des trois orphelins Baudelaire.

Avec mes sentiments respectueux,

Lemony Snicket
Lemony Snicket

Les désastreuses aventures
des orphelins Baudelaire suivent
leur cours déplorable dès le 6 juin 2002
dans le second volume
Le Laboratoire aux serpents...

Le Laboratoire aux serpents
Début du Tome II

L a route de Port-Brumaille à Morfonds est sans doute la plus lugubre au monde. Passé les derniers entrepôts, elle prend le nom de « route des Pouillasses » et longe interminablement des prés couleur de chou trop cuit, semés de pommiers rachitiques aux fruits si aigres que leur vue suffit à donner la colique. Puis elle franchit la Panade, aux trois quarts emplie de vase noire et peuplée de poissons peu engageants, enfin elle décrit une boucle serrée autour d'une usine de moutarde forte, grâce à laquelle tout le secteur respire un air vivifiant.

Il m'en coûte de le dire, mais le présent épisode débute, pour les orphelins Baudelaire, sur cette section de route exécrable, dans la grande banlieue de leur ville natale, et les choses vont aller de mal en pis.

De tous les êtres au monde accablés par le destin (et vous savez qu'il n'en manque point), les enfants Baudelaire remportent la palme. Leur série de misères a commencé par un épouvantable incendie dans lequel ils ont perdu – tout à la fois – leurs deux parents et le toit qui les avait vus naître. Pareille tragédie suffirait à assombrir une vie entière, mais pour les enfants Baudelaire elle n'a été qu'un début. Après le drame, les trois orphelins ont été confiés à un parent éloigné, un certain comte Olaf, hélas aussi cruel que cupide. Et comme les parents Baudelaire ont laissé une immense fortune, qui doit revenir aux enfants dès que Violette sera majeure, l'odieux comte Olaf n'a qu'une idée : mettre la main sur ce magot.

Le plan que le comte avait mijoté lors du précédent épisode – une diablerie, il n'y a pas d'autre mot – vient d'être déjoué de justesse, mais le misérable s'est éclipsé en jurant de se venger ! Les enfants Baudelaire, en tout cas, ne risquent pas d'oublier ses petits yeux luisants sous de gros sourcils soudés, et moins encore l'œil hideux tatoué sur sa cheville. Cet œil, ils croient le voir partout...

Bref, une fois encore, je dois vous mettre en garde : si vous avez ouvert ce livre dans l'espoir de voir nos héros vivre heureux, refermez-le séance tenante. Car Violette, Klaus et Prunille ont beau ne se douter de rien, en regardant défiler la sinistre route des Pouillasses, entassés à l'arrière d'une voiture minuscule, ils sont bien partis pour de nouvelles calamités, plus rudes encore que les premières. Les eaux vaseuses de la Panade et l'usine de moutarde forte seraient presque riantes, en fait, comparées à ce qui va suivre. D'y penser, j'en ai le cœur serré.

Au volant de la petite voiture, il y avait Mr Poe, un banquier ami de la famille, presque toujours en train de tousser. Chargé des affaires familiales, c'est lui qui avait décidé, après les manigances d'Olaf, de confier les enfants aux mains d'un autre parent éloigné, vivant cette fois à la campagne.

— Pas trop à l'étroit, là-derrière ? s'enquit Mr Poe en toussotant dans son mouchoir blanc. Oui, je sais, ma nouvelle voiture n'est pas très spacieuse, désolé. En tout cas, pour vos valises, ne vous faites aucun souci. D'ici une huitaine de jours, je viendrai vous les apporter.

— Merci, dit Violette, l'aînée, très mûre pour ses quatorze ans.

Quiconque connaissait Violette aurait vu qu'en réalité elle n'écoutait qu'à moitié. Elle avait noué ses longs cheveux d'un ruban pour les tenir à l'écart de ses yeux, et c'était le signe qu'elle réfléchissait intensément. Inventrice dans l'âme, Violette aimait avoir le front dégagé lorsqu'elle agençait dans sa tête des poulies et des roues dentées.

— Vous qui avez toujours vécu en ville, reprit Mr Poe, vous allez aimer la campagne, j'en suis sûr. Vous verrez, ça va vous changer. Ah ! le dernier croisement. Nous arrivons.

— Pas trop tôt, marmotta Klaus.

Il commençait à s'ennuyer ferme (qui ne s'est jamais ennuyé en voiture ?) et regrettait amèrement de n'avoir même pas de quoi lire. Klaus adorait les livres et, à douze ans, il en avait déjà dévoré plus que la plupart des gens n'en liront dans une vie entière. Parfois, il lisait tard dans la nuit, et au matin on le retrouvait endormi le nez sous son livre, les lunettes encore sur le nez.

— Je crois que le professeur Montgomery va vous plaire, enchaîna Mr Poe. C'est quelqu'un qui a énormément voyagé, avec des tas d'histoires à raconter. Si j'ai bien compris, sa maison fourmille de souvenirs des lieux qu'il a visités.

— Bax ! commenta Prunille de sa petite voix aiguë.

La benjamine du trio Baudelaire s'exprimait souvent par cris brefs, comme le font les tout-petits. Lancer des syllabes saugrenues était même l'une de ses activités favorites – presque autant que de planter ses quatre petites dents acérées dans tout et n'importe quoi. On avait parfois du mal à démêler ce qu'elle cherchait à dire. Pour l'heure, c'était sans doute quelque chose comme : « J'ai le cœur qui bat un peu la chamade à l'idée de rencontrer un autre parent éloigné. »

C'était vrai aussi de ses aînés.

— De quelle manière au juste ce professeur Montgomery nous est-il apparenté ? demanda Klaus.

— Le professeur Montgomery est... voyons voir... C'est le frère de la femme d'un cousin de votre défunt père. Je crois que c'est ça. C'est un scientifique, un chercheur. Il reçoit des subventions – pas mal d'argent que je sache – pour ses recherches.

En bon banquier, Mr Poe s'animait toujours dès qu'il était question de gros sous.

— Et comment devrons-nous l'appeler ?

— Vous lui direz « Professeur », recommanda Mr Poe. Sauf bien sûr s'il vous demande de l'appeler Montgomery. Son prénom est Montgomery, et son nom de famille aussi. Il n'y aura donc aucun risque d'excès de familiarité.

Klaus ne put retenir un sourire.

— Il s'appelle Montgomery Montgomery ?

— Oui, et comme rien ne dit que ça lui plaise, je vous conseille vivement de ne pas en faire des gorges chaudes. « Faire des gorges chaudes » d'une chose, ajouta Mr Poe, toussant dans son mouchoir, c'est en rire.

— On le sait, ce que veut dire « faire des gorges chaudes », répondit Klaus avec un soupir.

Il se retint d'ajouter qu'il savait aussi qu'on ne rit pas du nom des gens. Ce n'est pas parce qu'on est orphelin qu'on a tout le temps besoin de leçons.

Violette soupira de son côté et dénoua le ruban qui retenait ses cheveux. Ce repousse-odeurde-moutarde, elle y réfléchirait une autre fois. Pas moyen de se concentrer ; elle était bien trop tendue à l'idée de rencontrer ce nouveau tuteur.

Une question lui traversa l'esprit.

— S'il vous plaît, quel genre de recherches fait le professeur Montgomery ? Vous le savez ?

— À vrai dire, non, avoua Mr Poe. Les démarches et les paperasseries ont accaparé tout mon temps. Je n'ai pas trouvé un instant pour bavarder avec lui. Ah ! c'est ici que nous tournons. Nous y voilà.

Mr Poe engagea la voiture dans une allée gravillonnée qui grimpait raide vers une énorme bâtisse de pierre. Une large porte de bois sombre s'ouvrait dans la façade ornée de colonnades. De part et d'autre de l'entrée, des lampes imitant des torches brillaient vaillamment malgré le plein jour. Sur toute la façade et sur trois niveaux s'alignaient des fenêtres carrées, ouvertes à la brise matinale. À droite de la bâtisse, sur son flanc ouest, se dressait une immense serre attenante.

Si la maison elle-même semblait des plus classiques, le jardin en revanche avait de quoi surprendre. Imaginez une immense pelouse bien tondue mais bordée, tout au long de l'allée, de haies d'arbustes variés, aux silhouettes des plus fantasques. En effet, chacune de ces haies — et les enfants le virent mieux dès que la voiture s'arrêta — était méticuleusement taillée en forme de gros serpent ! Il n'y en avait pas deux semblables, et chacune représentait un type de serpent : à queue longue, à queue courte, dressé, rampant, ondulant, dardant une immense langue fourchue ou encore ouvrant les mâchoires sur de terribles crochets verts... L'effet était plutôt inquiétant, et ni Violette, ni Klaus, ni Prunille ne tenaient particulièrement à passer entre ces reptiles pour gagner le perron de la maison.

Mr Poe, qui ouvrait la marche, semblait n'avoir rien remarqué. Sans doute était-il trop occupé à faire ses dernières recommandations.

— Bien, et maintenant, Klaus, écoute-moi. Pas trop de questions à la fois, s'il te plaît. Violette, où est passé le ruban qui retenait tes cheveux ? Tu avais l'air bien convenable avec ce joli ruban. Oh ! et tous deux, par pitié, veillez à ce que Prunille n'aille pas mordre le professeur Montgomery ! Ça ferait mauvais effet, pour un premier contact.

N° projet 10097128 (III) 50 BABT 80° - Juillet 2002
Imprimé en Italie par Rotolito Lombarda